o veneno da madrugada
(a má hora)

Obras do autor

O amor nos tempos do cólera
A aventura de Miguel Littín clandestino no Chile
Cem anos de solidão
Cheiro de goiaba
Crônica de uma morte anunciada
Do amor e outros demônios
Doze contos peregrinos
Os funerais da Mamãe Grande
O general em seu labirinto
A incrível e triste história da cândida Erêndira e sua avó desalmada
Memória de minhas putas tristes
Ninguém escreve ao coronel
Notícia de um sequestro
Olhos de cão azul
O outono do patriarca
Relato de um náufrago
A revoada (O enterro do diabo)
O veneno da madrugada (A má hora)
Viver para contar

Obra jornalística

Vol. 1 – Textos caribenhos (1948-1952)
Vol. 2 – Textos andinos (1954-1955)
Vol. 3 – Da Europa e da América (1955-1960)
Vol. 4 – Reportagens políticas (1974-1995)
Vol. 5 – Crônicas (1961-1984)
O escândalo do século

Obra infantojuvenil

A luz é como a água
María dos Prazeres
A sesta da terça-feira
Um senhor muito velho com umas asas enormes
O verão feliz da senhorita Forbes
Maria dos Prazeres e outros contos (com Carme Solé Vendrell)

Teatro

Diatribe de amor contra um homem sentado

Com Mario Vargas Llosa

Duas solidões: um diálogo sobre o romance na América Latina

GABRIEL GARCÍA MARQUEZ

o veneno da madrugada

(a má hora)

TRADUÇÃO DE
JOEL SILVEIRA

20ª edição

EDITORA RECORD
RIO DE JANEIRO • SÃO PAULO
2024

CIP-Brasil. Catalogação na fonte
Sindicato Nacional dos Editores de Livros, RJ.

G211m   García Márquez, Gabriel, 1928-2014
20ª ed.   O veneno da madrugada (A má hora) / Gabriel García Márquez; tradução Joel Silveira; ilustrações de Carybé. – 20ª ed. – Rio de Janeiro: Record, 2024.

Tradução de: La mala hora
ISBN 978-85-01-01192-3

1. Romance colombiano. I. Silveira, Joel, 1918- .II. Carybé, 1911- . III. Título.

94-0837

CDD – 868.993613
CDU – 860(861)-3

Título original espanhol
LA MALA HORA

Copyright 1974, Gabriel García Márquez

Proibida a venda em Portugal

Direitos de publicação exclusivos em língua portuguesa no Brasil adquiridos pela
EDITORA RECORD LTDA.
Rua Argentina, 171 – Rio de Janeiro, RJ – 20921-380 – Tel.: (21) 2585-2000, que se reserva a propriedade literária desta tradução.

Impresso no Brasil

ISBN 978-85-01-01192-3

Seja um leitor preferencial Record.
Cadastre-se no site www.record.com.br
e receba informações sobre nossos
lançamentos e nossas promoções.

Atendimento e venda direta ao leitor:
sac@record.com.br

EDITORA AFILIADA

Padre Ángel ergueu-se com um esforço solene. Esfregou as pálpebras com os ossos das mãos, afastou o mosquiteiro de renda e permaneceu sentado na esteira nua, pensativo por alguns instantes, o tempo indispensável para perceber que estava vivo, e para lembrar a data e sua correspondência no santoral. "Terça-feira, quatro de outubro", pensou; e disse em voz baixa:

— São Francisco de Assis.

Vestiu-se sem se lavar e sem rezar. Era um homem grande, sanguíneo, com uma pacífica figura de boi manso, e movia-se como um boi, com gestos densos e tristes. Depois de endireitar os botões da batina, com a lânguida atenção de dedos que experimentam as cordas de uma harpa, puxou a tranca e abriu a porta do pátio. Sob a chuva, os nardos lhe fizeram recordar as palavras de uma canção.

— "O mar crescerá com as minhas lágrimas" — suspirou.

O dormitório se comunicava com a igreja por um corredor interno ladeado de jarros de flores e calçado de tijolos soltos, entre os quais começava a crescer a erva de outubro. Antes de dirigir-se à igreja, Padre Ángel entrou no reservado. Urinou abundantemente, contendo a respiração para não sentir o odor amoniacal que lhe arrancava lágrimas. Saiu em seguida para o corredor, lembrando: "Este barco me levará até teu sonho." Na estreita porta da igreja sentiu pela última vez a vaporosa fragrância dos nardos.

Cheirava mal no interior. Era uma nave comprida, igualmente calçada de tijolos soltos, e com uma só porta, que dava para a praça. O Padre Ángel encaminhou-se diretamente para a base da torre. Olhou os pesos do relógio, a mais de um metro sobre a sua cabeça, e viu que ainda tinha corda para uma semana. Os pernilongos o assaltaram. Esmagou um na nuca, com uma palmada violenta, e limpou a mão na corda do sino. Logo escutou, lá em cima, o ruído visceral da complicada engrenagem mecânica e, em seguida, surdas, profundas, as cinco badaladas das cinco ressoarem dentro do seu ventre.

Esperou até o final da ressonância da última badalada. Então segurou a corda com as mãos, enrolou-a nos pulsos e, com uma peremptória convicção, fez soar os bronzes gastos. Completara 61 anos. A tarefa de tanger os sinos era demasiado violenta para sua idade, mas fora sempre ele quem pessoalmente tocava chamando para a missa, e esse esforço lhe reconfortava o moral.

Trinidad empurrou a porta que se abria para a rua e, enquanto os sinos tocavam, dirigiu-se ao lugar onde, na noite anterior, havia colocado as ratoeiras. Encontrou algo que lhe produziu repugnância e prazer ao mesmo tempo: um pequeno massacre.

Abriu a primeira ratoeira, com o indicador e o polegar suspendeu o rato pela cauda e o colocou numa caixa de papelão. Padre Ángel acabou de abrir a porta que dava para a praça.

— Bom dia, padre — disse Trinidad.

Ele pareceu não ouvir a formosa voz baritonada. A praça deserta, as amendoeiras adormecidas sob a chuva, o povoado imóvel no seu inconsolável amanhecer de outubro lhe causaram uma sensação de desamparo. Mas quando se acostumou ao barulho da chuva, ouviu, vindo do fundo da praça, nítido e um pouco irreal, o clarinete de Pastor. Só então respondeu ao bom-dia de Trinidad.

— Pastor não estava com os que fizeram a serenata — disse.

— Não — confirmou Trinidad. Aproximou-se com a caixa onde pusera os ratos mortos. — Era com violões.

— Durante umas duas horas ficaram entoando uma cançãozinha idiota — disse o padre. — "O mar crescerá com as minhas lágrimas." Não é assim?

— É a nova canção de Pastor — disse ela.

Imóvel diante da porta, o padre estava dominado por uma instantânea fascinação. Durante muitos anos havia escutado o clarinete de Pastor, que, a duas quadras dali, sentava-se diariamente, às cinco, com o tamborete recostado contra a viga do seu pombal. Era o mecanismo do povoado funcionando com precisão: primeiro, as cinco badaladas das cinco; depois, o primeiro toque para a missa, e depois o clarinete de Pastor, no pátio de sua casa, purificando com notas diáfanas e articuladas o ar impregnado com a sujidade dos pombos.

— A música é boa — refletiu o padre — mas a letra é idiota. Podem-se torcer as palavras da direita para a esquerda, e o resultado é sempre o mesmo: "Este sonho me levará até teu barco".

Deu meia-volta, rindo do seu próprio achado, e foi acender as velas do altar. Trinidad seguiu-o. Vestia uma bata branca e comprida, com mangas até os punhos, e trazia a faixa de seda azul de uma congregação laica. Sob as sobrancelhas muito juntas, seus olhos eram de um negro intenso.

— Toda a noite estiveram aqui por perto — disse o padre.

— Na casa de Margot Ramírez — disse Trinidad, distraída, sacudindo, num ruído abafado, os ratos mortos da caixa. — Mas à noite houve algo melhor do que a serenata.

O padre deteve-se e fixou nela seus olhos de um azul silencioso.

— O que foi?

— Os pasquins — disse Trinidad. E soltou uma risadinha nervosa.

Três casas mais adiante, César Montero sonhava com os elefantes. Havia-os visto domingo, no cinema. A chuva começou a cair meia hora antes do final, e agora o filme continuava no sonho.

César Montero voltou contra a parede todo o peso do seu monumental corpo, enquanto os índios espavoridos fugiam do tropel dos elefantes. Sua esposa o empurrou suavemente, mas nenhum dos dois despertou.

— Vamo-nos — murmurou ele, e retomou a posição inicial. Mas logo acordou. Nesse momento, soava o segundo toque para a missa.

Era uma habitação com grandes espaços divididos por telas de arame. A janela que se abria para a praça, igualmente protegida por uma tela, tinha uma cortina de cretone com flores amarelas. Na mesa de cabeceira, havia um rádio portátil, um abajur e um relógio de mostrador luminoso. No outro lado, encostado à parede, um enorme armário com portas de espelhos. Enquanto calçava as botas de montar, César Montero começou a ouvir o clarinete de Pastor. Os cordões de couro cru estavam endurecidos pelo barro. Esticou-os com força, fazendo-os passar através da mão fechada, mais áspera que o couro dos cordões. Em seguida, procurou as esporas, mas não as encontrou debaixo da cama. Continuou vestindo-se na penumbra, procurando não fazer barulho para não despertar a mulher. Quando abotoava a camisa, olhou as horas no relógio da mesa e voltou a procurar as esporas debaixo da cama. Primeiro, procurou-as com as mãos. Progressivamente, pôs-se de quatro e começou a tatear com as mãos debaixo da cama. A mulher acordou.

— Que está procurando?
— As esporas.

— Estão penduradas detrás do armário — disse ela.
— Foi você mesmo quem botou lá no sábado passado.

Puxou o mosquiteiro para um lado e acendeu a luz. Ele ergueu-se, envergonhado. Era monumental, de espáduas quadradas e sólidas, mas seus movimentos eram elásticos mesmo com as botas de montar, cujas solas pareciam duas placas de madeira. Tinha uma saúde um tanto bárbara. Parecia de idade indefinida, mas a pele do pescoço mostrava que já havia passado dos cinquenta anos. Sentou-se na cama para colocar as esporas.

— Continua chovendo — disse ela, sentindo que seus ossos adolescentes haviam absorvido a umidade da noite.
— Sinto-me como uma esponja.

Pequena, ossuda, de nariz grande e agudo, tinha a virtude de nunca parecer que estava acordando. Procurou ver a chuva através da cortina. César Montero acabou de ajustar as esporas, pôs-se de pé e bateu várias vezes os tacões no chão. A casa vibrou com o soar das esporas de cobre.

— É em outubro que o tigre engorda — disse.

Mas sua esposa não o escutou, extasiada com a melodia de Pastor. Quando voltou a olhá-lo, ele estava se penteando diante do armário, as pernas abertas e a cabeça inclinada, pois sua enorme figura não cabia toda nos espelhos.

Ela acompanhava, cantando em voz baixa, a melodia de Pastor.

— Ficaram repetindo essa canção a noite inteira — disse ele.

— É muito bonita — disse ela.

Desenrolou uma fita da cabeceira da cama, recolheu o cabelo na nuca e suspirou, completamente desperta:

— "Ficarei em teu sonho até a morte."

Ele não lhe prestou atenção. Tirou uma carteira com o dinheiro de uma gaveta do armário, onde havia, ainda, algumas joias, um pequeno relógio de mulher e uma caneta esferográfica. Retirou quatro cédulas e voltou a colocar a carteira no mesmo lugar. Depois, guardou no bolso da camisa seis cartuchos de espingarda.

— Se a chuva continuar não venho no sábado — disse.

Ao abrir a porta do pátio, ficou um instante no umbral, respirando o sombrio olor de outubro enquanto seus olhos se acostumavam com a escuridão. Já ia fechar a porta quando a campainha do despertador começou a tocar no quarto de dormir.

Sua esposa saltou da cama. Ele continuou imóvel, com a mão na maçaneta, até que ela fez parar a campainha. Então a olhou, pela primeira vez pensativo:

— Esta noite sonhei com os elefantes — disse.

Em seguida fechou a porta e foi selar a mula.

A chuva aumentou antes do terceiro toque. Um vento baixo arrancou das amendoeiras da praça suas últimas folhas mortas. As luzes do povoado se apagaram, mas as casas continuavam fechadas. César Montero guiou a mula para a cozinha e, sem desmontar, gritou para a mulher, pedindo o impermeável. Tirou a espingarda de dois canos, que trazia nas costas, e a amarrou, horizontal, com as correias da sela. Sua esposa apareceu na cozinha com o impermeável.

— Espere que a chuva passe — disse sem convicção.

Ele vestiu o impermeável, em silêncio, e em seguida olhou para o pátio.

— Não passará até dezembro.

Ela acompanhou-o com os olhos até o outro extremo do corredor. A chuva caía, pesada, sobre as oxidadas lâminas do teto, mas ele ia de qualquer maneira. Esporeando a mula, teve de arquear-se na sela para não bater a cabeça no travessão da porta, ao sair para o pátio. As gotas do alpendre rebentaram como grãos de chumbo em suas espáduas. Sem voltar a cabeça, gritou do portão:

— Até sábado.

— Até sábado — disse ela.

A única porta que estava aberta na praça era a da igreja. César Montero olhou para cima e viu o céu espesso e baixo, a dois palmos de sua cabeça. Fez o sinal da cruz, esporeou a mula e a fez girar várias vezes sobre as patas traseiras, até que o animal se firmou na lama, escorregadia como sabão. Foi então que viu o papel pregado na porta da sua casa.

Leu sem desmontar. A água havia diluído a cor, mas o texto escrito a pincel, em grosseiras letras de imprensa, continuava legível. César Montero levou a mula até a parede, arrancou o papel e o rasgou.

Com um golpe da rédea, imprimiu à mula um trote curto, igual, para muitas horas. Deixou a praça por uma rua estreita e coleante, com casas de paredes de barro cujas portas se desprendiam ao abrirem-se os rescaldos do sono. Sentiu cheiro de café. Mas somente quando deixou atrás as últimas casas do povoado é que fez a mula retroceder, e com o mesmo trotezinho curto retornou à praça e se deteve defronte à casa de Pastor. Desmontou, tirou a espingarda e amarrou a mula na cerca, fazendo cada coisa no seu devido tempo.

A porta estava sem a tranca, bloqueada embaixo por um caracol gigante. César Montero entrou na salinha escura. Ouviu uma nota aguda e, depois, um silêncio de expectativa. Passou ao lado de quatro cadeiras dispostas em redor de uma mesinha coberta com uma toalha de lã, sobre a qual se via um jarro com flores artificiais. Parou, finalmente, defronte da porta do pátio, jogou para trás o capuz do impermeável, levantou a trava da espingarda e, numa voz serena, quase amável, chamou:

— Pastor.

Pastor apareceu no vão da porta, desparafusando a boquilha do clarinete. Era um rapaz magro, reto, com um bigode incipiente aparado a tesoura. Quando viu César Montero com os tacões solidamente fincados no chão e a espingarda à altura do cinturão, os dois canos apontados para ele, Pastor abriu a boca. Mas não disse nada. Empalideceu e sorriu. César Montero primeiro fincou ainda mais os tacões no chão, depois apoiou a culatra, com o cotovelo, contra os quadris; depois, apertou os dentes e, ao mesmo tempo, o gatilho. A casa estremeceu com o estampido, mas César Montero não soube se foi antes ou depois da comoção que viu Pastor do outro lado da porta, arrastando-se numa ondulação de verme sobre um filete de penas ensanguentadas.

O alcaide começava a adormecer no momento do disparo. Havia passado três noites em vigília, atormentado por uma dor de dente. Nessa manhã, ao primeiro toque da missa, já havia tomado o oitavo analgésico. A dor cedeu. A crepitação da chuva no teto de zinco ajudou-o a adormecer, mas o molar continuou a palpitar, sem doer, enquanto ele dormia. Quando ouviu o disparo, despertou de um salto e agarrou o cinturão com as cartucheiras e o revólver, que sempre deixava numa cadeira junto à rede, ao alcance da sua mão esquerda. Como, porém, só ouvia o barulho da chuva, imaginou que tivesse tido um pesadelo e voltou a sentir a dor.

Tinha um pouco de febre. Ao olhar-se no espelho, notou que a bochecha começava a inchar. Destapou uma latinha de vaselina mentolada e com ela untou a parte dolorida, tensa e barbada. Logo percebeu, através da chuva, um rumor de vozes distantes. Chegou ao balcão. Os moradores da rua, alguns em roupa de dormir, corriam na direção da praça. Um rapaz virou-se para ele, levantou os braços e lhe gritou, sem parar:

— César Montero matou Pastor.

Na praça, César Montero dava voltas, a espingarda apontada para a multidão. O alcaide o reconheceu com dificuldade. Tirou com a mão esquerda o revólver do coldre e começou a caminhar para o centro da praça. As pessoas se afastaram para deixá-lo passar. Um soldado da polícia saiu do salão de bilhar, o fuzil engatilhado apontado para César Montero. O alcaide lhe disse, em voz baixa:

— Não dispare, animal.

Voltou a guardar o revólver, arrancou o fuzil da mão do policial e continuou a caminhar em direção ao centro da praça, com a arma pronta para ser disparada. A multidão, acotovelando-se, encostou-se às paredes.

— César Montero — gritou o alcaide. — Entregue-me essa espingarda.

Até então César Montero não o havia visto. Voltou-se para ele, num salto. O alcaide apertou o gatilho, mas não disparou.

— Venha buscá-la — gritou César Montero.

O alcaide segurava o fuzil com a mão esquerda, e com a direita enxugava as pálpebras. Calculava cada passo, o dedo tenso no gatilho e os olhos fixos em César Montero. Depois, parou e disse, numa voz cadenciada e afetuosa:

— Jogue a espingarda no chão, César. Não cometa mais disparates.

César Montero retrocedeu. O alcaide continuou com o dedo tenso no gatilho. Não moveu um só músculo do seu corpo até que César Montero baixou a espingarda e a deixou cair. Então o alcaide percebeu que estava vestido apenas com as calças do pijama, que estava suando sob a chuva e que o molar havia deixado de doer.

As casas se abriram. Dois soldados da polícia, armados de fuzis, correram para o centro da praça. A multidão precipitou-se atrás deles. Os policiais deram meia-volta e gritaram, os fuzis engatilhados:

— Para trás.

O alcaide gritou com a voz tranquila, sem olhar para ninguém:

— Esvaziem a praça.

A multidão se dispersou. O alcaide revistou César Montero, sem lhe tirar o impermeável! Encontrou quatro cartuchos no bolsinho da camisa e no bolso posterior das calças uma navalha com cabo de chifre. Num outro bolso encontrou um caderno de apontamentos, uma argola com três chaves e quatro cédulas de cem pesos. César Montero deixou-se revistar, impassível, os braços abertos, apenas movendo o corpo para facilitar a operação. Quando terminou, o alcaide chamou os soldados, entregou-lhes os pertences e colocou César Montero sob sua responsabilidade.

— Levem-no para o segundo andar da prefeitura — ordenou. — Vocês respondem por ele.

César Montero tirou o impermeável, entregou-o a um dos policiais, e começou a caminhar entre eles, indiferente à chuva e à perplexidade da gente concentrada na praça. O alcaide viu-o afastar-se, pensativo. Depois voltou-se para a multidão, fez um gesto como se estivesse espantando galinhas, e gritou:

— Dispersem.

Enxugando o rosto com o braço nu, atravessou a praça e entrou na casa de Pastor.

A mãe de Pastor estava derreada numa cadeira, entre um grupo de mulheres que a abanavam com uma piedosa diligência. O alcaide empurrou uma mulher para o lado.

— Deem-lhe ar — disse. A mulher voltou-se para ele:

— Acabava de sair para a missa.

— Está bem — disse o alcaide. — Mas agora deixem-na respirar.

Pastor estava no corredor, de braços contra o pombal, sobre um leito de penas ensanguentadas. Sentia-se um intenso odor de excremento de pombos. Um grupo de homens tratava de levantar o corpo quando o alcaide apareceu no umbral.

— Saiam — disse.

Os homens voltaram a colocar o cadáver sobre as penas, na mesma posição em que o encontraram, e retrocederam em silêncio. Depois de examinar o corpo, o alcaide virou-se. Houve uma dispersão de peninhas. À altura do cinturão, mais plumas haviam aderido ao sangue ainda quente e vivo. O alcaide afastou-as com as mãos. A camisa estava rasgada e a fivela do cinturão destroçada. Sob a camisa, viu as vísceras, descobertas. A ferida havia deixado de sangrar.

— Foi com uma espingarda de matar tigres — disse um dos homens.

O alcaide se levantou. Limpou as penas ensanguentadas das mãos numa estaca do pombal, sem tirar os olhos do cadáver. Acabou de limpar as mãos nas calças do pijama e disse ao grupo:

— Não o movam daí.

— Mas deixá-lo largado assim — disse um dos homens.

— É preciso proceder-se ao reconhecimento do corpo — disse o alcaide.

No interior da casa começava o pranto das mulheres. O alcaide abriu passagem por entre os gritos e os odores sufocantes que começavam a tornar rarefeita a atmosfera da habitação. Encontrou o Padre Ángel na porta da rua.

— Está morto — exclamou o padre, perplexo.

— Como um porco — respondeu o alcaide.

Em redor da praça, todas as casas já estavam abertas. A chuva havia cessado, mas o céu denso flutuava acima dos tetos, sem permitir uma só fresta ao sol. O Padre Ángel segurou o alcaide pelo braço.

— César Montero é um bom homem — disse. — Deve ter sido num momento de alucinação.

— Eu sei — disse o alcaide, impaciente. — Não se preocupe, padre, que não acontecerá nada. Entre aí, que é onde estão precisando do senhor.

Afastou-se com uma certa violência e ordenou aos policiais que suspendessem a guarda. A multidão, até então mantida a distância, precipitou-se para a casa de Pastor. O alcaide entrou no salão de bilhar, onde um soldado o esperava com uma muda de roupa limpa: seu uniforme de tenente.

De ordinário, o estabelecimento nunca estava aberto a essa hora. Mas naquele dia, antes das sete, já se encontrava abarrotado. Em torno das mesinhas de quatro lugares, ou recostados no balcão, os homens tomavam café. A maioria ainda trazia paletós de pijama e chinelos.

O alcaide despiu-se na presença de todos, enxugou o suor do corpo com as calças do pijama, e começou a vestir-se em silêncio, ouvindo os comentários. Quando deixou o salão, estava perfeitamente inteirado dos pormenores do incidente.

— Tenham cuidado — gritou da porta. — Meto no xadrez quem provocar desordem.

Desceu a rua empedrada, sem cumprimentar ninguém, mas percebendo a excitação do povo. Era jovem, de movimentos fáceis, e em cada gesto revelava o propósito de se fazer notar.

Às sete, as lanchas que faziam o tráfego de carga e passageiros três vezes por semana apitaram, abandonando o cais, sem que ninguém lhes prestasse a atenção dos dias comuns. O alcaide passou pela galeria onde os comerciantes sírios começavam a expor suas coloridas mercadorias. O Dr. Octavio Giraldo, um médico sem idade e com a cabeça desarrumada em cachos lustrosos, olhava da porta do seu consultório as lanchas que se faziam ao largo. Também ele estava de paletó de pijama e de chinelos.

— Doutor — disse o alcaide —, vista-se, para ir fazer a autópsia.

O médico o olhou, intrigado. Descobriu uma longa fileira de dentes brancos e sólidos.

— De maneira que agora já fazemos autópsias — disse, e acrescentou: — Evidentemente, trata-se de um grande progresso.

O alcaide tentou sorrir, mas foi impedido pela sensibilidade da bochecha. Tapou a boca com a mão.

— Que é isso? — perguntou o médico.

— Uma puta de uma dor de dente.

O Dr. Giraldo parecia disposto a conversar, mas o alcaide tinha pressa.

No fim do cais gritou para dentro de uma casa de aparência pobre, cujo teto de palha descia quase até o nível da água. Uma mulher de pele verdosa, grávida de sete meses, abriu a porta. Estava descalça. O alcaide a afastou e entrou na salinha escura.

— Juiz — chamou.

O Juiz Arcadio apareceu na porta interna, arrastando os tamancos. Vestia uma calça de brim, sem cinturão, sustentada debaixo do umbigo, e tinha o dorso nu.

— Prepare-se para o reconhecimento do cadáver — disse o alcaide.

O Juiz Arcadio assoviou, perplexo.

— E de onde saiu essa novidade?

O alcaide caminhou até o quarto de dormir.

— Agora é diferente — disse, abrindo a janela para purificar o ar carregado de sono. — É melhor fazer as coisas bem-feitas. — Limpou nas calças bem passadas a poeira das mãos e perguntou, sem qualquer indício de sarcasmo: — O senhor sabe como se faz o reconhecimento?

— Certamente — disse o juiz.

O alcaide olhou para as mãos, defronte da janela.

— Chame seu secretário, para o caso de ser necessário escrever qualquer coisa — disse, mais uma vez sem segunda intenção. Depois voltou-se para a moça, com as palmas das mãos estendidas. — Onde posso me lavar?

— No tanque — disse ela.

O alcaide foi para o pátio. A moça tirou uma toalha do baú e também um sabonete.

Chegou ao pátio no momento em que o alcaide voltava ao quarto de dormir, sacudindo as mãos.

— Eu ia levando o sabonete — disse ela.

— Está bem assim — disse o alcaide. Voltou a olhar as palmas das mãos. Apanhou a toalha e enxugou-se, pensativo, olhando para o Juiz Arcadio. — Estava cheio de penas de pombos.

Sentado na cama, tomando uma xícara de café negro em goles espaçados, esperou até que o Juiz Arcadio acabasse de se vestir. A moça os acompanhou até a sala.

— Enquanto o senhor não arrancar esse dente, a inchação não desaparece — a moça disse ao alcaide.

Ele empurrou o juiz até a rua, voltou-se para olhar a moça e tocou o seu ventre cheio com o indicador.

— E esta sua inchação, quando acaba?

— Logo — disse ela.

*

Padre Ángel não fez o seu habitual passeio vespertino. Depois do enterro, ficou a conversar numa casa dos bairros baixos, ali permanecendo até o entardecer. Sentia-se bem, embora as chuvas prolongadas comumente lhe provocassem dores nas vértebras. Quando chegou à sua casa, os postes já estavam acesos.

Trinidad regava as suas flores do corredor. O padre lhe perguntou onde estavam as hóstias que deviam ser consagradas, e ela respondeu que as havia posto no altar-mor. O turbilhão dos mosquitos o envolveu quando ele acendeu a luz do quarto. Antes de fechar a porta, fumigou inseticida no compartimento, sem uma só trégua, espirrando por causa do cheiro. Quando acabou, estava suando. Trocou a batina negra pela branca e remendada que costumava usar em casa, e em seguida foi tocar o Ângelus.

De volta ao quarto, pôs uma frigideira no fogo para fritar um pedaço de carne, enquanto cortava fatias de cebolas. Depois colocou tudo num prato onde já havia um pedaço de aipim cozido e um pouco de arroz frio, sobras do almoço. Levou o prato para a mesa e sentou-se para comer.

Comeu de tudo ao mesmo tempo, cortando pequenos pedaços de cada coisa e amassando-os no garfo, com a faca. Mastigava conscienciosamente, triturando até o último grão com os seus molares obturados a prata, mas com os lábios fechados. Enquanto o fazia, descansava o garfo e a faca nas bordas do prato, e examinava a sala com um olhar contínuo e consciente. Defronte dele estava o armário, onde eram guardados os volumosos livros do arquivo paroquial. No canto, uma cadeira de balanço de vime com um coxim preso à altura da cabeça. Por detrás da cadeira havia uma espécie de biombo com um crucifixo, junto a um calendário de propaganda de um xarope contra a tosse. Do outro lado do biombo ficava o quarto de dormir.

No fim da refeição, o Padre Ángel sentiu como que uma espécie de asfixia. Cortou um pedaço de goiabada, encheu o copo de água, até as bordas, e comeu a pasta açucarada, enquanto olhava a folhinha. Entre um bocado e outro de doce, bebia um gole de água, sem tirar os olhos do calendário. Por fim, arrotou e limpou os lábios com a manga da batina. Durante dezenove anos sempre comera assim, sozinho, repetindo cada movimento com uma escrupulosa precisão. Nunca havia sentido vergonha de sua solidão.

Depois do rosário, Trinidad lhe pediu dinheiro para comprar arsênico. O padre negou pela terceira vez, argumentando que as ratoeiras eram suficientes. Trinidad insistiu:

— Acontece que os ratos menorezinhos levam o queijo e não se deixam apanhar. Por isso é melhor envenenar o queijo.

O padre admitiu que Trinidad tinha razão. Mas antes que pudesse dizer isso, irrompeu na quietude da igreja o barulho do alto-falante do cinema, do outro lado da rua. Primeiro, um ronco surdo; depois, o arranhar da agulha no disco e, em seguida, o som de um mambo, que se iniciou com um trompete estridente.

— Tem sessão hoje? — perguntou o padre.

Trinidad disse que sim.

— Que filme vão passar?

— *Tarzã e a Deusa Verde* — disse Trinidad. — O mesmo que não puderam terminar no domingo, por causa da chuva. Próprio para todas as idades.

O Padre Ángel foi até a base da torre e fez soar doze toques espaçados. Trinidad estava atônita.

— O senhor se enganou, padre — disse, agitando as mãos e com um brilho ansioso nos olhos. — É um filme próprio para todos. Lembre-se de que no domingo o senhor não deu um só toque.

— Mas é uma falta de consideração com o povoado — disse o padre, enxugando o suor do pescoço. E repetiu, arquejante: — Uma falta de consideração.

Trinidad compreendeu.

— Você devia ter visto o enterro — disse o padre. — Todos os homens brigando para carregar o caixão.

Despediu a moça, fechou a porta que dava para a praça deserta e apagou as luzes do templo. No corredor, de volta ao dormitório, deu um leve tapa na testa ao lembrar-se de que havia esquecido de dar a Trinidad o dinheiro para o arsênico. Mas antes de chegar ao quarto de dormir, já havia esquecido novamente.

Pouco depois, sentado à mesa de trabalho, dispunha-se a terminar uma carta iniciada na noite anterior.

Havia desabotoado a sotaina até a altura do estômago e arrumava na mesa o bloco de papel, o tinteiro e o mata-borrão, enquanto revistava os bolsos, à procura dos óculos. Lembrou-se de havê-los deixado na batina com a qual fora ao enterro, e levantou-se para ir buscá-los. Lera mais uma vez o que escrevera na noite anterior e ia começar um novo parágrafo quando deram três batidas na porta.

— Entre.

Era o gerente do cinema. Pequeno, pálido, muito bem barbeado, ostentava uma expressão de fatalidade. Vestia um terno de linho branco, imaculado, e calçava sapatos de duas cores. Padre Ángel pediu-lhe que se sentasse na cadeira de balanço, mas o gerente tirou um lenço do bolso da calça, desdobrou-o escrupulosamente, sacudiu a poeira do sofá e sentou-se, as pernas abertas. Então Padre Ángel viu que o que ele trazia preso ao cinturão não era um revólver, mas uma lanterna de pilhas.

— Às suas ordens — disse o padre.

— Padre — disse o gerente, quase sem alento —, peço perdão se estou me intrometendo em seus assuntos, mas esta noite o senhor parece ter cometido um erro.

O padre mexeu com a cabeça e esperou.

— *Tarzã e a Deusa Verde* é uma película própria para todos — prosseguiu o gerente. — O senhor mesmo reconheceu isso no último domingo.

O padre tentou interrompê-lo, mas o gerente ergueu uma mão, em sinal de que ainda não havia terminado.

— Aceitei a questão dos toques — disse — porque reconheço que de fato existem filmes imorais. Mas o de hoje nada tem de particular. Pensávamos mesmo passá-lo no sábado próximo, em matinê infantil.

Padre Ángel, então, lhe explicou que, com efeito, o filme não trazia qualquer qualificação moral na lista que recebia todos os meses pelo correio.

— Mas abrir o cinema hoje — continuou — é uma falta de consideração, levando-se em conta que houve uma morte na cidade. Também isso faz parte da moral.

O gerente o encarou.

— No ano passado a própria polícia matou um homem dentro do cinema, e logo que tiraram o corpo o filme prosseguiu — exclamou.

— É diferente — disse o padre. — E agora as coisas mudaram. O alcaide transformou-se, é outro homem.

— Quando chegar o tempo das eleições, a matança voltará — replicou o gerente, exasperado. — É sempre assim, desde que o povoado é povoado.

— Veremos — disse o padre.

O gerente o olhou com uma expressão triste. Quando voltou a falar, sacudindo a camisa para refrescar o peito, sua voz havia adquirido um tom de súplica.

— Esse é o terceiro filme próprio para todos que nos chega este ano — disse. — E no domingo deixaram de ser passados três rolos, por causa da chuva, e muita gente quer saber como a história termina.

— Os doze toques já foram dados — disse o padre.

O gerente deixou escapar um suspiro de desespero. Esperou, olhando o padre de frente, e já sem pensar realmente em nada que não fosse o intenso calor da sala.

— Então, não há nada que se possa fazer?

Padre Ángel moveu a cabeça.

O gerente deu uma palmadinha nos joelhos e se levantou.

— Está bem — disse. — Pois que assim seja.

Voltou a dobrar o lenço, enxugou o suor do pescoço e pôs-se a examinar a sala com um amargo rigor.

— Isto aqui é um inferno — disse.

O padre o acompanhou até a saída. Pôs a tranca na porta e sentou-se para terminar a carta. Depois de lê-la mais uma vez, desde o começo, finalizou o parágrafo interrompido e ensimesmou-se, pensativo. Nesse exato momento, desligaram a música do alto-falante. "Avisa-se ao respeitável público" — disse uma voz impessoal — "que fica suspenso o espetáculo desta noite, porque esta empresa também quer associar-se ao luto da cidade." O Padre Ángel, sorrindo, reconheceu a voz do gerente.

O calor se fez mais intenso. O pároco continuou escrevendo, com breves pausas para enxugar o suor e reler o que havia escrito, até encher duas folhas. Tinha acabado de assinar quando a chuva voltou a cair sem qualquer advertência. Um vapor de terra úmida penetrou na sala. O Padre Ángel escreveu no envelope o nome e endereço do destinatário, fechou o tinteiro e ia dobrar a carta quando, súbito, voltou a ler o último parágrafo. Então, tornou a destampar o tinteiro e escreveu na carta este P.S.: *"Está chovendo novamente. Com este inverno e as coisas que lhe contei acima, creio que nos esperam dias amargos."*

A SEXTA-FEIRA AMANHECEU morna e seca. O Juiz Arcadio, que se vangloriava de fazer amor três vezes por noite desde que o fizera pela primeira vez, rebentou naquela manhã os cordões do mosquiteiro e caiu no chão com sua mulher no momento supremo, enredados os dois na cortina de renda.

— Deixe assim — murmurou ela. — Depois eu ajeito.

Surgiram completamente nus por entre as confusas nebulosas do mosquiteiro. O Juiz Arcadio foi ao baú apanhar umas cuecas limpas. Quando voltou, sua mulher já estava vestida, pondo o mosquiteiro em ordem. Passou sem olhá-la, e sentou-se do outro lado da cama para calçar os sapatos, a respiração ainda alterada pelo esforço do amor. Ela o perseguiu. Encostou em seu braço o ventre redondo e tenso e lhe mordeu a orelha. Ele a afastou com suavidade.

— Deixe-me quieto. — disse.

Ela soltou uma gargalhada cheia de boa saúde. Acompanhou o marido até o outro extremo do quarto, tocando-lhe os rins com os indicadores. "Anda, burrinho", dizia. Ele deu um salto e lhe afastou as mãos. Ela o deixou em paz e voltou a rir, mas de repente ficou séria e gritou:

— Jesus Cristo!
— Que foi? — perguntou ele.
— A porta ficou aberta de par em par — gritou. — Já é muita falta de vergonha.

Entrou no banheiro às gargalhadas.

O Juiz Arcadio não esperou pelo café. Reconfortado pelo mentol da pasta de dentes, saiu para a rua. Ardia um sol de cobre. Sentados à porta de suas lojas, os sírios contemplavam o rio tranquilo. Ao passar em frente ao consultório do Dr. Giraldo, raspou com a unha a rede metálica da porta e gritou, sem parar:

— Doutor, qual é o melhor remédio para dor de cabeça?

O médico respondeu, lá de dentro:

— Não ter bebido na noite anterior.

No porto, um grupo de mulheres comentava em voz alta o conteúdo de um novo pasquim, que aparecera na noite passada. Como o dia havia amanhecido claro e sem chuva, as mulheres leram o papel anônimo quando iam para a missa das cinco, de maneira que agora todo o povoado já estava inteirado do fato. O Juiz Arcadio não se deteve. Sentiu-se como um boi, com uma argola no nariz, sendo puxado para o salão de bilhar. Ali, pediu uma cerveja gelada e um analgésico. Acabavam de dar nove horas, mas a casa estava cheia.

— Todo o povoado está com dor de cabeça — disse o Juiz Arcadio.

Levou a garrafa para uma mesa onde três homens pareciam perplexos diante de seus copos de cerveja. Sentou-se no lugar vago.

— A coisa continuou? — perguntou.

— Hoje foram quatro.

— Mas aquele que todo mundo leu — disse um dos homens — foi o referente a Raquel Contreras.

O Juiz Arcadio mastigou o analgésico e bebeu a cerveja diretamente da garrafa. O primeiro trago lhe deu repugnância, mas logo o estômago se acostumou, e ele se sentiu novo e sem passado.

— Que é que dizia?

— Porcarias — disse o homem. — Que as viagens que ela fez este ano não foram para tratar dos dentes, mas para abortar.

— Mas para que o trabalho de colar um pasquim a respeito disso — disse o Juiz Arcadio. — Todo mundo sabe da coisa.

Embora o sol quente lhe doesse no fundo dos olhos, quando deixou o salão de bilhar não experimentava, naquele dia, o costumeiro confuso mal-estar do amanhecer. Foi diretamente para o juizado. Seu secretário, um velho esquálido que depenava uma galinha, recebeu-o por cima da armação dos óculos com um olhar incrédulo.

— Que milagre é esse?

— É preciso dar andamento ao expediente — disse o juiz.

O secretário foi para o pátio, arrastando os chinelos, e por cima da cerca entregou a galinha meio pelada à cozinheira do hotel. Onze meses após ter sido empossado, era a primeira vez que o Juiz Arcadio ia ao juizado.

O destrambelhado escritório estava dividido em duas seções por uma grade de madeira. Na seção exterior havia um velho sofá também de madeira, colocado sob o quadro da Justiça de olhos vendados e balança na mão. Dentro, duas velhas secretárias, uma em frente à outra, uma estante de livros poeirentos e a máquina de escrever. Na parede de frente, uma litografia emoldurada: um homem sorridente, gordo e calvo, com o peito cruzado pela faixa presidencial, e debaixo uma legenda dourada: "Paz e Justiça." A litografia era a única coisa nova em todo o escritório.

O secretário amarrou um lenço no rosto e começou a sacudir com um espanador o pó dos móveis.

— É preciso tapar o nariz, porque essa poeira faz mal — disse.

O conselho não foi atendido. O Juiz Arcadio inclinou-se na cadeira giratória, estirando as pernas para provar as molas.

— Será que não cai? — perguntou.

O secretário fez que não com a cabeça.

— Quando mataram o Juiz Vilela — disse — as molas rebentaram; mas já consertaram. — Sem tirar o lenço do rosto, acrescentou: — Foi o próprio alcaide quem mandou consertar quando mudou o governo e começaram a surgir investigações por todos os lados.

— O alcaide quer que o juizado funcione — disse o juiz.

Abriu a gaveta do meio, tirou um maço de chaves, e um a um foi abrindo os arquivos. Estavam cheios de papéis. Examinou-os superficialmente, levantando-os com o indicador para estar seguro de que não havia nada que lhe pudesse chamar a atenção, e logo depois fechou os arquivos e começou a pôr em ordem os objetos do escritório: um tinteiro de cristal com um recipiente vermelho e outro azul, e uma caneta para cada recipiente, com a respectiva cor. A tinta havia secado.

— O senhor caiu nas graças do alcaide — disse o secretário.

Mexendo-se na cadeira, o juiz o seguiu com um olhar sombrio, enquanto limpava a mesa. O secretário contemplou-o como se tivesse o propósito de jamais esquecer, nunca, aquele instante e aquela posição; depois, disse, apontando com o indicador:

— Assim mesmo como o senhor está agora, nem mais nem menos, também estava o Juiz Vilela quando o perfuraram a tiros.

O juiz apertou as têmporas, de veias pronunciadas. Voltava a dor de cabeça.

— Eu estava ali — prosseguiu o secretário, apontando para a máquina de escrever, enquanto passava para o outro lado do gradil. Sem interromper a narrativa, apoiou-se no corrimão da grade como apontando com um fuzil contra o Juiz Arcadio. Parecia um assaltante de correios num filme de faroeste. — Os três policiais se colocaram assim. O Juiz Vilela só conseguiu vê-los e logo levantou os braços, dizendo muito depressa: "Não me matem." Mas de repente a cadeira pulou para um lado e ele para o outro, chumbado.

O Juiz Arcadio apertou o crânio com as mãos — sentia o cérebro palpitar. O secretário tirou o lenço do rosto e pendurou o espanador detrás da porta.

— E tudo isso apenas porque, numa bebedeira, ele disse que estava aqui para garantir a pureza do sufrágio.

Ficou em suspenso, calado, olhando para o Juiz Arcadio, que se dobrou sobre a secretária, com as mãos no estômago.

— Está se sentindo mal?

O juiz respondeu que sim. Falou da noite anterior e pediu ao secretário que fosse buscar no bilhar um analgésico e duas cervejas geladas. Quando acabou de beber a primeira cerveja, o Juiz Arcadio não encontrou em seu coração a menor sombra de remorso. Estava lúcido.

O secretário sentou-se diante da máquina.

— E agora, que vamos fazer? — perguntou.

— Nada — disse o juiz.

— Então, se o senhor me permite, vou chamar Maria para me ajudar a depenar as galinhas.

O juiz se opôs.

— Isto aqui é uma repartição para administrar justiça e não para depenar galinhas — disse. Olhou seu subalterno de cima a baixo com um ar de comiseração, e acrescentou: — Além disso, peço-lhe que não me apareça mais aqui de chinelos.

O calor se tornou mais intenso quando se aproximava o meio-dia. Às doze horas o Juiz Arcadio já havia consumido uma dezena de cervejas. Navegava em suas lembranças. Com uma sonolenta ansiedade, falava de um passado sem privações, com longos domingos de mar e mulatas insaciáveis que faziam o amor de pé, por detrás dos portões.

— A vida era então assim — dizia, estalando o polegar e o indicador, ante o estupor do secretário que o escutava sem falar, aprovando com a cabeça. O Juiz Arcadio sentia-se embotado, mas cada vez mais vivo em suas lembranças.

Quando bateu uma hora na torre, o secretário deu mostras de impaciência:

— A sopa está esfriando — disse.

Mas o juiz não lhe permitiu que se levantasse.

— Não é sempre que se encontra num povoado assim um homem do seu talento — disse, e o secretário lhe agradeceu, esgotado pelo calor, e mudou de posição na cadeira.

Era uma sexta-feira interminável. Sob as ardentes folhas do teto, os dois homens ainda conversaram meia hora, enquanto lá fora o povoado se cozinhava no caldo da sesta. No extremo do esgotamento, o secretário fez, então, alusão aos papéis anônimos que vinham sendo pregados nas portas da cidade. O Juiz Arcadio deu de ombros.

— Até você está levando a sério essa porcaria — disse, pela primeira vez num tom de pai para filho.

O secretário não queria continuar conversando, extenuado pela fome e a sufocação, mas não podia acreditar que os pasquins fossem apenas uma brincadeira.

— Por causa deles já houve uma morte — disse. — Se as coisas continuam assim, vamos ter uma época muito má.

E contou a história de um povoado que foi liquidado em sete dias por causa dos pasquins. Seus habitantes acabaram matando-se entre si. E os sobreviventes desenterraram os cadáveres e levaram os ossos de seus mortos, para estarem seguros de não precisar voltar nunca mais.

O juiz o escutou com um ar de zombaria, desabotoando lentamente a camisa enquanto o secretário falava. Pensou consigo mesmo que o secretário era leitor de novelas de terror.

— Essa história é um exemplo típico de novela policial — disse.

O subalterno balançou a cabeça. O Juiz Arcadio contou que na Universidade fizera parte de uma organização cujo objetivo era decifrar enigmas policiais. Cada um dos membros lia uma novela de mistério até um determinado ponto, e aos sábados todos se reuniam para decifrar o enigma.

— Nunca falhei — disse. — Naturalmente era favorecido pelos meus conhecimentos dos clássicos, que descobriram uma lógica da vida capaz de desvendar qualquer mistério.

E apresentou um enigma: um homem registra-se num hotel às dez da noite, sobe para o seu quarto, e na manhã seguinte a camareira, quando leva o café, encontra-o morto e putrefato na cama. A autópsia demonstra que o hóspede que chegara na noite anterior já estava morto há oito dias.

O secretário ergueu-se, com um longo ruído de articulações.

— Quer dizer que quando ele chegou ao hotel já havia morrido há sete dias — disse o secretário.

— Esse conto foi escrito há doze anos — disse o Juiz Arcadio, sem levar em conta a interrupção. — Mas a chave do enigma já fora dada por Heráclito, cinco séculos antes de Cristo.

Dispunha-se a revelá-la, mas o secretário estava exasperado.

— Nunca, desde que o mundo é mundo, alguém conseguiu identificar o autor de pasquins anônimos — sentenciou, numa agressividade tensa.

— Aposto como eu vou descobrir — disse o juiz.
— Apostado.

Rebeca de Asís afogava-se no morno quarto de dormir da casa defronte, a cabeça afundada nos travesseiros, tentando dormir uma sesta impossível. Tinha folhas esfumaçadas aderidas às têmporas.

— Roberto — disse, dirigindo-se ao marido —, se você não abrir a janela vamos morrer de calor.

Roberto Asís abriu a janela no momento exato em que o Juiz Arcadio deixava a repartição.

— Procure dormir — suplicou à exuberante mulher que jazia com os braços abertos sob o dossel de renda cor-de-rosa, inteiramente nua dentro de uma leve camisa de *nylon*. — Prometo que vou esquecer tudo, não quero saber de mais nada.

Ela suspirou.

Roberto Asís, que passou a noite dando voltas no quarto, acendendo o cigarro com o que restava do outro, estivera a ponto de surpreender, naquela madrugada, o autor dos pasquins. Havia escutado em frente à sua casa o ruído do papel e das mãos que tentavam colá-lo na parede. Mas só tarde compreendeu de que se tratava, e quando abriu a janela o papel anônimo já havia sido colado. A praça estava deserta.

Desde esse momento até as duas da tarde, quando prometeu a sua mulher que não voltaria a falar do pasquim, ela havia esgotado todas as formas de persuasão para apaziguá-lo. Finalmente, propôs uma fórmula desesperada: como prova final de sua inocência, oferecia-se para confessar-se com o Padre Ángel em voz alta e na presença do marido. Bastava a oferta daquela humilhação para convencê-lo, e apesar de sua perturbação ele não se atreveu a dar o passo seguinte, e teve que capitular.

— É sempre melhor falar as coisas — disse ela, sem abrir os olhos. — Seria um desastre se você ficasse com essa história presa na garganta.

Ao sair, ele encostou a porta. Na ampla casa envolta na penumbra, completamente fechada, ouviu o ruído do ventilador elétrico de sua mãe, que fazia a sesta na casa vizinha. Bebeu limonada de um vaso que estava no refrigerador, sob o olhar sonolento da cozinheira negra.

Do seu fresco abrigo pessoal, a mãe lhe perguntou se queria almoçar. Ele destampou a panela. Uma tartaruga flutuava, as patas para cima, na água fervente. Pela primeira vez estremeceu com a ideia de que o animal havia sido jogado vivo na panela, e de que seu coração continuaria batendo quando a levassem esquartejada para a mesa.

— Não tenho fome — disse, tapando a panela. E acrescentou da porta: — Minha mulher também não vai almoçar. Passou o dia inteiro com dor de cabeça.

As duas casas se comunicavam por um corredor de ladrilhos verdes, do qual se podia ver o galinheiro com suas telas de arame no fundo do pátio comum. Na parte do corredor correspondente à casa da mãe, havia várias gaiolas de pássaros penduradas no beiral, e muitos jarros com flores de cores vivas.

Estendida na cadeira de pano, onde acabava de fazer a sesta, sua filha de sete anos o recebeu com um resmungo de saudação. Ainda tinha a marca da fazenda impressa na face.

— Já são quase três horas — disse ele, em voz muito baixa. E acrescentou, num tom melancólico: — Você precisa dar mais atenção às coisas.

— Sonhei com um gato de vidro — disse a menina.

Ele não pôde reprimir um ligeiro estremecimento.

— Como era?

— Todo de vidro — disse a menina, procurando com as mãos dar forma ao animal do sonho.

— Como um passarinho de vidro, só que era um gato.

Ele encontrou-se perdido, sol a pino, numa cidade estranha.

— Esqueça isso — murmurou. — Uma coisa assim não vale a pena.

Nesse momento viu sua mãe na porta do quarto de dormir, e sentiu-se refeito.

— Estás melhor — afirmou.

A viúva Asís devolveu-lhe uma expressão amarga.

— Cada dia estou melhor para votar — queixou-se, fazendo um coque com a abundante cabeleira cor de ferro. E foi para o corredor mudar a água das gaiolas.

Roberto Asís estendeu-se na espreguiçadeira onde a filha havia dormido. Com a nuca apoiada nas mãos, acompanhou com os olhos a ossuda mulher vestida de negro que conversava em voz baixa com os passarinhos. Mergulhavam álacres na água fresca, salpicando com o alegre bater das asas o rosto da mulher. Quando a viúva acabou de mudar a água das gaiolas, olhou para o filho com uma expressão inquieta.

— Pensei que você estivesse na montanha — disse.

— Não fui — disse ele. — Tinha que providenciar umas coisas.

— Então não irá mais até a segunda-feira?

Ele confirmou com os olhos. Uma empregada negra, descalça, atravessou a sala com a menina, para levá-la à escola. A viúva Asís ficou no corredor até que as duas saíram. Depois, fez um sinal ao filho e este a seguiu até o amplo quarto onde zumbia o ventilador elétrico. Ela deixou-se cair numa desconjuntada cadeira de balanço de cipó, diante do ventilador, com um ar de extremo esgotamento. Das paredes caiadas pendiam fotografias de meninos antigos, emolduradas em vinhetas de cobre. Roberto Asís estendeu-se na suntuosa cama real onde haviam morrido, decrépitos e de mau humor, alguns dos meninos das fotografias, inclusive seu próprio pai, no último dezembro.

— Que é que há? — perguntou a viúva.

— Acredita no que o povo está dizendo? — perguntou ele por sua vez.

— Na minha idade se acredita em tudo — respondeu a viúva. E perguntou, com indolência: — Que é que estão dizendo?

— Que Rebeca Isabel não é minha filha.

A viúva começou a mexer-se lentamente.

— Tem o nariz do Asís — disse. Depois de pensar por alguns instantes, perguntou distraída: — Quem é que está dizendo isso?

Roberto Asís mordeu as unhas.

— Escreveram num pasquim.

Só então a viúva compreendeu que as olheiras do seu filho não eram o sedimento de uma prolongada insônia.

— Os pasquins não são o povo — sentenciou.

— Mas eles só dizem o que já estão falando — respondeu Roberto Asís. — Mesmo que a gente não saiba.

Ela, no entanto, sabia tudo o que o povoado havia falado de sua família durante muitos anos. Numa casa como a sua, repleta de serviçais, afilhadas e protegidas de todas as idades, era impossível se fechar num quarto de dormir sem que até ali não a perseguissem os rumores da rua. Os turbulentos Asís, fundadores do povoado quando ainda eram criadores de porcos, pareciam atrair todos os murmúrios.

— Nem tudo o que dizem é verdade — disse.

— Todo mundo sabe que Rosário de Montero dormia com Pastor — disse ele. — Sua última canção era para ela.

— Todo mundo dizia isto, mas ninguém sabia ao certo — respondeu a viúva. — E agora viu-se que a canção era para Margot Ramírez. Os dois iam se casar e somente eles e a mãe de Pastor sabiam disso. Teria sido melhor para eles se não tivessem guardado com tanto zelo o único segredo que conseguiu ser mantido nesta terra.

Roberto Asís olhou para a mãe com uma dramática vivacidade.

— Esta manhã, houve um instante em que pensei que ia morrer — disse.

A viúva não pareceu comover-se.

— Os Asís são ciumentos — disse. — Isto tem sido a desgraça desta casa.

Ficaram longo tempo silenciosos. Já eram quase quatro horas e o calor começava a baixar. Quando Roberto Asís desligou o ventilador elétrico, a casa inteira despertou, cheia de vozes de mulher e de flautas de pássaros.

— Dê-me o frasquinho que está em cima da mesa de cabeceira — disse a viúva.

Engoliu duas pílulas cinzentas e redondas como duas pérolas artificiais, e devolveu o vidro ao filho, dizendo:

— Tome você também, duas; ajudam a dormir.

Ele as engoliu com a água que a mãe havia deixado no copo, e recostou a cabeça no travesseiro.

A viúva suspirou. Mergulhou num longo silêncio, pensativa. Depois, fazendo, como sempre, uma generalização que abrangia todo o povoado quando pensava somente em meia dúzia de famílias que constituía sua classe, disse:

— O mal deste lugar é que as mulheres têm que ficar sozinhas em casa enquanto os homens andam pela montanha.

Roberto Asís começava a dormir. A viúva observou-lhe o rosto sem barbear, o longo nariz de angulosa cartilagem, e pensou no seu esposo morto. Também Alberto Asís havia conhecido o desespero. Era um gigante que durante toda a sua vida só pôs um colarinho de celuloide durante quinze minutos, o tempo necessário para que fosse feito o daguerreótipo que ali estava, na mesinha de cabeceira. Dizia-se que neste mesmo dormitório ele havia assassinado um homem que encontrou deitado com sua mulher, e que o havia enterrado clandestinamente no pátio. A verdade era outra: Alberto Asís havia matado com um tiro de espingarda um macaco que surpreendeu masturbando-se na viga do dormitório, com os olhos fixos em sua esposa, enquanto esta mudava de roupa. Morreu quarenta anos depois sem ter podido retificar a lenda.

Padre Ángel subiu a empinada escada de degraus separados. No segundo andar, no fundo de um corredor onde se viam fuzis e cartucheiras pendentes da parede, um soldado lia, de barriga para cima, numa cama de campanha. Estava tão absorto na leitura que só percebeu a presença do padre quando ouviu seu cumprimento. Fechou a revista e sentou-se na cama.

— Que está lendo? — perguntou o Padre Ángel.

O soldado mostrou a revista.

— *Terry e os Piratas*.

O padre examinou minuciosamente as três celas de cimento armado, sem janelas, fechadas para o corredor por grossas barras de ferro. Na cela central, outro soldado dormia de cuecas, esparramado numa rede. As outras estavam vazias. Padre Ángel perguntou por César Montero.

— Está ali — disse o policial, indicando com a cabeça uma porta fechada. — É o quarto do comandante.

— Posso falar com ele?

— Está incomunicável — disse o soldado.

Padre Ángel não insistiu. Perguntou se o preso estava bem. O soldado respondeu que lhe havia sido destinado o melhor alojamento do quartel, com boa luz e água corrente, mas que há 24 horas ele não comia nada. Repelira todos os alimentos que o alcaide mandara buscar no hotel.

— Tem medo que o envenenem — concluiu o policial.

— Deviam ter mandado buscar comida em sua casa — disse o padre.

Então, como que falando consigo mesmo, murmurou:

— Falarei de tudo isso com o alcaide. — E fez menção de seguir para o fundo do corredor, onde o alcaide havia construído o seu escritório blindado.

— Ele não está — disse o soldado. — Há dois dias que está em casa, com dor de dente.

Padre Ángel o visitou. O alcaide estava prostrado na rede, junto a uma cadeira sobre a qual havia um jarro com água e sal, um tubo de analgésicos e o cinturão de cartucheiras com o revólver. A bochecha continuava inchada. Padre Ángel arrastou uma cadeira até a rede.

— É preciso arrancar — disse.

O alcaide cuspiu na bacia a água com sal.

— É muito fácil de dizer — respondeu, ainda com a cabeça inclinada sobre a bacia.

Padre Ángel compreendeu. Disse em voz muito baixa:

— Se o senhor me autorizar, posso falar com o dentista — suspirou profundamente e atreveu-se a acrescentar: — É um homem muito compreensivo.

— Como uma mula — disse o alcaide. — Eu teria que liquidá-lo a tiros e então tudo continuaria no mesmo.

Padre Ángel acompanhou-o com os olhos até a pia. O alcaide abriu a torneira, colocou a bochecha inchada sob o jorro de água fresca e assim ficou por alguns instantes, com uma expressão de êxtase. Depois mastigou um analgésico e bebeu água da torneira, levando-a à boca com as mãos.

— É sério — insistiu o padre. — Posso falar com o dentista.

O alcaide fez um gesto de impaciência.

— Faça o que quiser, padre.

Deitou-se na rede, o ventre para cima, os olhos fechados, as mãos na nuca, respirando num ritmo colérico. A dor começou a ceder. Quando voltou a abrir os olhos, Padre Ángel o contemplava em silêncio, sentado junto à rede.

— Mas que é que o traz por estas terras? — perguntou o alcaide.

— César Montero — disse o padre sem preâmbulos. — Esse homem precisa confessar-se.

— Está incomunicável — disse o alcaide. — Somente amanhã, depois das diligências preliminares, é que pode se confessar. Vou enviá-lo segunda-feira.

— Então só daqui a quarenta e oito horas?

— E por que não? Eu estou há duas semanas com esta maldita dor de dente — disse o alcaide.

Na sala escura começavam a zumbir os pernilongos. Padre Ángel olhou pela janela e viu uma nuvem de um róseo intenso flutuando sobre o rio.

— E o problema da comida? — perguntou.

O alcaide deixou a rede para fechar a porta que dava para o balcão.

— Fiz o meu dever — disse. — Ele não quer que aborreçam sua mulher e se nega a comer o que vem do hotel.

Começou a fumigar inseticida na sala. Padre Ángel procurou um lenço no bolso, para não espirrar, mas em vez do lenço encontrou uma carta amarrotada.

— Ai — exclamou, procurando desamarrotar a carta com os dedos. O alcaide interrompeu a fumigação. O padre tapou o nariz, mas foi inútil: espirrou duas vezes.

— Espirre, padre — disse-lhe o alcaide. E acrescentou, com um sorriso: — Estamos numa democracia.

Padre Ángel também sorriu. Disse, mostrando o envelope fechado:

— Esqueci de pôr esta carta no correio.

Encontrou o lenço na manga da batina e limpou com ele o nariz irritado pelo inseticida. Continuava pensando em César Montero.

— É como se o estivessem tratando a pão e água — disse.

— Ele é quem quer assim — disse o alcaide. — Não podemos obrigá-lo a comer à força.

— O que mais me preocupa é a sua consciência — disse o padre.

Sem tirar o lenço do nariz, acompanhou com os olhos o alcaide que caminhava pela sala até que acabou de fumigar.

— Se tem medo que o envenenem é porque deve ter a consciência muito intranquila — disse.

O alcaide colocou a bomba de inseticida no chão, dizendo:

— Ele sabe que todo mundo gostava de Pastor.

— E também de César Montero — replicou o padre.

— Mas acontece que quem está morto é Pastor.

O padre olhou a carta. A luz tornou-se malva.

— Pastor — murmurou. — Não teve tempo de se confessar.

O alcaide acendeu a luz antes de meter-se na rede.

— Amanhã estarei melhor — disse. — Depois da diligência o senhor pode receber a confissão. Está bem?

Padre Ángel concordou.

— É só para a tranquilidade de sua consciência — insistiu.

Pondo-se de pé com um movimento solene, recomendou ao alcaide que não tomasse muitos analgésicos, e o alcaide lhe devolveu o conselho, lembrando-lhe que não deixasse de pôr a carta no correio.

— E outra coisa, padre — disse o alcaide. — Consiga de qualquer maneira falar com o tal do dentista. — Olhou para o padre, que começava a descer a escada, e acrescentou, outra vez sorridente: — Tudo isso contribui para a consolidação da paz.

Sentado à porta da sua repartição o agente dos correios via a tarde morrer. Quando Padre Ángel lhe entregou a carta, entrou no escritório, umedeceu com a língua um selo de quinze centavos, para as cartas aéreas, e mais a sobretaxa para construções. Continuou remexendo na gaveta do escritório. Ao se acenderem as luzes da rua, o padre colocou várias moedas no balcão diante do guichê e saiu sem se despedir.

O administrador continuou remexendo na gaveta. Um momento depois, cansando de revolver papéis, escreveu com tinta num canto do envelope: *Há falta de selos de cinco*. Assinou embaixo e carimbou.

Naquela noite, depois do rosário, Padre Ángel encontrou um rato boiando na pia de água benta. Trinidad estava armando as ratoeiras no batistério. O padre segurou o animal pela ponta da cauda.

— Você vai acabar provocando uma desgraça — disse ele a Trinidad, balançando o rato diante do seu rosto. — Você não sabe que alguns fiéis costumam engarrafar a água benta para dá-la de beber aos seus doentes?

— E que tem isso? — perguntou Trinidad.

— Que é que tem? — replicou o padre. — Já pensou que os doentes podem beber água envenenada com arsênico?

Trinidad chamou-lhe a atenção para o fato de que ele ainda não lhe tinha dado dinheiro para o arsênico. Disse que era gesso, e revelou a fórmula: havia posto gesso nos cantos da igreja; o rato o havia comido e logo depois, desesperado pela sede, bebera da água da pia. E a água solidificou o gesso no estômago.

— Bem, de qualquer maneira é melhor você comprar arsênico. Não quero mais encontrar ratos mortos na água benta.

Na sala, esperava-o uma comissão de damas católicas, encabeçada por Rebeca de Asís. Depois de dar a Trinidad o dinheiro para o arsênico, o padre fez um comentário sobre o calor, sentou-se à mesa de trabalho, diante das três damas que aguardavam em silêncio.

— Às suas ordens, minhas respeitáveis senhoras.

Elas se entreolharam. Rebeca de Asís abriu um leque onde se via pintada uma paisagem japonesa, e disse, sem mistério:

— É a propósito dos panfletos, padre.

Com uma voz sinuosa, como se estivesse contando uma história infantil, expôs a inquietação do povoado. Disse que embora a morte de Pastor devesse ser interpretada "como uma coisa absolutamente pessoal", o fato é que as famílias respeitáveis se sentiam na obrigação de preocupar-se com os pasquins.

Apoiada no cabo de sua sombrinha, Adalgisa Montoya, a maior das três, foi mais explícita:

— Nós, as mulheres católicas, resolvemos tratar do assunto.

O Padre Ángel refletiu por alguns segundos. Rebeca de Asís respirou profundamente, e o padre se perguntou como podia aquela mulher exalar um odor tão cálido. Era esplêndida e floral, de uma brancura deslumbrante e uma saúde prenhe de paixão. O padre falou, os olhos fixos num ponto indefinido.

— No meu entender — disse —, não devemos prestar atenção à voz do escândalo. Devemos nos colocar acima de tudo isso e continuar observando a lei de Deus, como até agora viemos fazendo.

Adalgisa Montoya aprovou com um movimento de cabeça. Mas as outras duas não concordavam: parecia-lhes que aquela calamidade iria provocar funestas consequências. Nesse momento, tossiu o alto-falante do cinema. Padre Ángel deu uma palmadinha na testa.

— Desculpem-me — disse, enquanto procurava na gaveta da mesa o boletim da censura católica. — Que vão passar hoje?

— *Piratas do Espaço* — disse Rebeca de Asís. — Um filme de guerra.

Padre Ángel procurou por ordem alfabética, murmurando títulos fragmentados enquanto percorria com o indicador a longa lista classificada. Deteve-se ao voltar a folha.

— *Piratas do Espaço*.

Correu o indicador horizontalmente para procurar a classificação moral, mas nesse instante ouviu a voz do gerente no lugar do disco esperado. O gerente anunciava a suspensão do espetáculo por causa do mau tempo. Uma das mulheres explicou que o gerente havia tomado aquela determinação em vista de o público estar exigindo a volta do dinheiro no caso de a chuva interromper o filme antes que este chegasse ao fim.

— Uma pena — disse Padre Ángel. — O filme era próprio para todos.

Fechou o caderno e continuou:

— Como lhes dizia, este é um povoado muito crente, muito observador das leis de Deus. Há dezenove anos, quando me entregaram a paróquia, havia aqui onze concubinatos públicos de famílias importantes. Hoje só resta um, e espero que por pouco tempo.

— Não é por nós — disse Rebeca de Asís. — Mas essa pobre gente...

— Não há nenhum motivo para preocupação — prosseguiu o padre, indiferente à interrupção. — Precisam ver como o povoado mudou. Naquele tempo, uma bailarina russa deu um espetáculo na rinha de galos, só para homens, e no final vendeu em público, à maneira de leilão, toda a roupa que vestia.

Adalgisa Montoya o interrompeu:

— É verdade.

Ela lembrava-se do escândalo como lhe haviam contado: quando a bailarina ficou completamente nua, um velho começou a gritar na galeria, subiu até a última fileira de bancos e lá de cima começou a urinar sobre o público. Haviam-lhe contado também que os outros homens, seguindo o exemplo, acabaram por se urinar uns aos outros, em meio a uma gritaria louca.

— Agora — prosseguiu o padre — está comprovado que este é o povoado mais fiel do bispado.

Aferrou-se à sua tese. Referiu-se a alguns instantes difíceis da sua luta contra as debilidades e fraquezas do gênero humano, até que as damas católicas deixaram de lhe prestar atenção, sufocadas pelo calor. Rebeca de Asís voltou a abrir seu leque, e, então, Padre Ángel descobriu onde estava a fonte de sua fragrância. O perfume de sândalo cristalizou-se no torpor da sala. O padre tirou o lenço da manga e o levou ao nariz, para não espirrar.

— Ao mesmo tempo — continuou — nossa igreja é a mais pobre do bispado. Os sinos estão rachados e as naves cheias de ratos, porque na vida aprendi que é mais importante impor a moral e os bons costumes. — Desabotoou o colarinho. — Qualquer jovem pode executar uma tarefa material — disse, pondo-se de pé. — Mas é preciso uma tenacidade de muitos anos e uma velha experiência para reconstruir a moral.

Rebeca de Asís ergueu sua mão transparente, deixando ver a aliança matrimonial, reluzente de esmeraldas, e disse:

— Por isso mesmo. Acreditamos que com esses pasquins todo seu trabalho estará perdido.

A única mulher que até então havia permanecido em silêncio aproveitou a pausa para intervir.

— Além disso, padre, acreditamos que o país está se recuperando, e que esta calamidade de agora pode se transformar numa inconveniência.

Padre Ángel apanhou um leque no armário e começou a abanar-se parcimoniosamente.

— Uma coisa nada tem a ver com a outra — disse. — Atravessamos um momento político difícil, mas a moral familiar vem se mantendo intacta.

Postou-se diante das três mulheres.

— Dentro de poucos anos, estou certo, irei dizer ao senhor bispo: deixo-lhe um povoado exemplar. Agora só é preciso que Vossa Reverendíssima mande para lá um pároco jovem e empreendedor, para que ele construa a melhor igreja do bispado.

Fez uma reverência lânguida e exclamou:

— Então, morrerei tranquilo e serei enterrado no pátio dos meus antepassados.

As damas protestaram, Adalgisa Montoya expressou o pensamento geral:

— Esta cidadezinha é como se fosse a sua, padre. E queremos que fique aqui até o último instante.

— Se se trata de construir uma nova igreja — disse Rebeca de Asís —, podemos iniciar uma campanha agora mesmo.

— Tudo a seu tempo — replicou Padre Ángel. E logo, noutro tom, acrescentou: — É claro que não quero chegar já velho a uma nova paróquia. Não quero que aconteça comigo o que aconteceu com o manso Antonio Isabel del Santíssimo Sacramento del Altar Castañeda y Montero, o qual disse ao seu bispo que em sua paróquia estava caindo uma chuva de pássaros mortos. E quando o enviado do bispo lá chegou, encontrou-o na praça do povoado, brincando com as crianças de bandido e mocinho.

As damas mostraram-se perplexas.

— Quem era ele?

— O pároco que me sucedeu em Macondo — disse Padre Ángel. — Tinha cem anos.

O INVERNO, CUJA inclemência havia sido prevista desde os últimos dias de setembro, impôs seu rigor naquele fim de semana. O alcaide passou o domingo engolindo analgésicos na rede, enquanto o rio, transbordando do leito, fazia estragos nos bairros baixos.

Na primeira trégua da chuva, ao amanhecer da segunda-feira, o povoado necessitou de várias horas para restabelecer-se. Logo voltaram a funcionar o salão de bilhar e a barbearia, mas a maioria das casas permaneceu fechada até às onze. Foi ao Sr. Carmichael que primeiro se ofereceu a oportunidade de espantar-se diante do espetáculo dos homens transportando suas casas para terrenos mais altos. Grupos inquietos haviam desenterrado os mourões e as cercas e trasladavam inteiras as rústicas habitações de estacas e tetos de palha.

Refugiado sob o toldo da barbearia, o guarda-chuva aberto, o Sr. Carmichael contemplava a laboriosa manobra quando o barbeiro o arrancou de sua abstração.

— Deviam ter esperado que a chuva parasse — disse o barbeiro.

— Não passará nos próximos dois dias — disse o Sr. Carmichael, e fechou o guarda-chuva. — Os calos estão me dizendo.

Os homens que transportavam as casas, afundados no barro até os tornozelos, passaram tropeçando e roçando as paredes da barbearia. O Sr. Carmichael viu pela janela o interior desmantelado de uma das casas, um dormitório inteiramente despojado de sua intimidade, e sentiu-se invadido por uma sensação de desastre.

Parecia que eram seis da manhã, mas seu estômago lhe dizia que já eram doze. O sírio Moisés convidou-o a sentar-se em sua tenda enquanto a chuva não passasse. O Sr. Carmichael reiterou o seu prognóstico de que não deixaria de chover nas próximas vinte e quatro horas. Vacilou antes de pular para a calçada da casa contígua. Um grupo de meninos, que brincavam de guerra, jogou uma bola de barro, que se esparramou na parede, a poucos metros das recém-passadas calças do Sr. Carmichael. O sírio Elias saiu de sua loja com uma vassoura na mão, ameaçando os meninos numa mistura de árabe e castelhano.

Os meninos gritaram, alegres:
— Turco sacana!

O Sr. Carmichael examinou e viu que suas roupas estavam intactas. Então fechou o guarda-chuva e entrou na barbearia, indo diretamente para a cadeira.

— Eu sempre achei que o senhor é um homem prudente — disse o barbeiro.

Colocou-lhe uma toalha no pescoço. O Sr. Carmichael aspirou o odor da água de alfazemas, que lhe causava uma indisposição igual àquela que lhe provocavam os vapores glaciais do dentista. O barbeiro começou a aparar os cabelos encaracolados da nuca. Impaciente, o Sr. Carmichael procurou com os olhos algo para ler.

— Não tem nenhum jornal?

— No país só restam os jornais do governo, e estes não entram neste estabelecimento enquanto eu for vivo.

O Sr. Carmichael então conformou-se em contemplar os seus sapatos de duas cores até que o barbeiro lhe perguntou como ia a viúva Montiel. O Sr. Carmichael vinha de sua casa. Era administrador dos seus negócios desde que morreu Dom Chepe Montiel, de quem foi contador durante muitos anos.

— Vai indo — disse.

— A gente se matando de trabalhar — disse o barbeiro, como falando consigo mesmo — e ela sozinha, com terras que não se atravessa em cinco dias a cavalo. Deve ser dona de uns dez municípios.

— Três — disse o Sr. Carmichael. E acrescentou, convicto: — É a melhor mulher do mundo.

O barbeiro foi até o toucador, limpar o pente. O Senhor Carmichael viu refletida no espelho sua cara de chibo, e uma vez mais compreendeu por que não gostava dele. O cabeleireiro falou, olhando para o espelho:

— É um belo negócio: meu partido está no poder, a polícia ameaça de morte meus adversários políticos, e eu, então, lhes compro as terras e o gado pelo preço que eu mesmo faço.

O Sr. Carmichael baixou a cabeça. O barbeiro voltou a cortar o seu cabelo, com apuro.

— Quando passam as eleições — concluiu — já sou dono de três municípios, não tenho competidores, estou com a faca e o queijo na mão, mesmo que mude o governo. É o que eu digo: melhor negócio, nem fazer dinheiro falso.

— José Montiel já era rico muito antes que começassem as disputas políticas — disse o Sr. Carmichael.

— Claro, sentado de cuecas na porta de uma usina de arroz — disse o barbeiro. — A história conta que ele calçou o primeiro par de sapatos somente nove anos atrás.

— E mesmo que assim fosse — admitiu o Sr. Carmichael —, a viúva nada teve a ver com os negócios de Montiel.

— Não teve porque se fez de boba — disse o barbeiro.

O Sr. Carmichael levantou a cabeça. Afrouxou a toalha no pescoço para facilitar a circulação.

— É por isso que sempre preferi que minha mulher me cortasse os cabelos — protestou. — Não me cobra nada e, além disso, não me fala de política.

O barbeiro lhe empurrou a cabeça para a frente, e continuou trabalhando em silêncio. Às vezes trinava as tesouras no ar, como que para descarregar um excesso de virtuosismo. O Sr. Carmichael ouviu gritos na rua. Olhou para o espelho: meninos e mulheres passavam diante da porta com os móveis e os utensílios das casas transportadas. Comentou com rancor:

— As desgraças estão nos comendo e vocês vivem a cultivar ódios políticos. Há mais de um ano que acabaram as perseguições, mas continuam falando nisso.

— O abandono em que nos deixaram também é perseguição — disse o barbeiro.

— Mas já não nos dão pauladas — disse o Sr. Carmichael.

— Deixar-nos por conta de Deus é também uma maneira de dar paulada.

O Senhor Carmichael exasperou-se:

— Isso é literatura de jornal — disse.

O barbeiro calou-se. Fez espuma numa espécie de xícara e com o pincel branquejou a nuca do Sr. Carmichael.

— É que se a gente não fala, acaba rebentando — desculpou-se. — E não é todos os dias que nos aparece um homem imparcial.

— Com onze filhos para alimentar não existe homem que não seja imparcial — disse o Sr. Carmichael.

— Concordo — disse o barbeiro.

Fez cantar a navalha na palma da mão, raspou a nuca em silêncio, limpando a espuma com os dedos e, depois, limpando os dedos nas calças. Ao terminar, passou um pedaço de alúmen na nuca, sem falar.

Quando abotoava o colarinho, o Sr. Carmichael viu o aviso pregado na parede do fundo: "É proibido falar de política." Sacudiu dos ombros as pontas de cabelo, pendurou o guarda-chuva no braço e perguntou, apontando para o aviso:

— Não é com o senhor — disse o barbeiro. — Sabemos que o senhor é um homem imparcial.

Desta vez o Sr. Carmichael não vacilou em pular para a calçada da casa contígua. O barbeiro olhou-o até que ele dobrou a esquina, e logo extasiou-se diante do rio turvo e ameaçador. Parara de chover, mas uma nuvem carregada mantinha-se imóvel sobre o povoado. Um pouco antes de uma hora o sírio Moisés entrou na barbearia, reclamando contra o cabelo, que lhe caíra totalmente do crânio enquanto lhe crescia na nuca com extraordinária rapidez.

O sírio cortava os cabelos todas as segundas-feiras. Comumente, inclinava a cabeça com uma espécie de fatalismo e roncava em árabe enquanto o cabeleireiro falava em voz alta consigo mesmo. Naquela segunda-feira, no entanto, despertou sobressaltado à primeira pergunta.

— Sabe quem esteve aqui?

— Carmichael — disse o sírio.

— O desgraçado do negro Carmichael — confirmou o barbeiro, como se soubesse a frase de cor. — Detesto essa classe de homens.

— Carmichael não é um homem — disse o sírio Moisés. — Não compra um par de sapatos há uns três anos. Mas em política, faz o que deve fazer: organiza a contabilidade de olhos fechados.

Mergulhou a barba no peito para roncar de novo, mas o barbeiro plantou-se diante dele com os braços cruzados, dizendo:

— Diga-me uma coisa, turco de merda: afinal, com quem está você?

O sírio respondeu, inalterável:

— Comigo.

— Pois faz mal — disse o barbeiro. — Pelo menos não devia esquecer as quatro costelas que quebraram do filho do seu patrício Elias, a mando de Dom Chepe Montiel.

— Elias tem tão pouca sorte que o filho saiu político — disse o sírio. — Mas agora o rapaz está passando do bom e do melhor no Brasil, e Chepe Montiel está morto.

Antes de abandonar o quarto desarrumado pelas longas noites de sofrimento, o alcaide raspou o lado direito da cara, mas deixou o esquerdo com a barba de oito dias. Em seguida vestiu o uniforme limpo, calçou as botas de verniz e foi almoçar no hotel, aproveitando a trégua da chuva.

Não havia ninguém no refeitório. O alcaide caminhou por entre as mesinhas de quatro lugares e ocupou o lugar mais discreto, no fundo do salão.

— Máscaras — chamou.

Acudiu uma mocinha, com um vestido curto e justo e seios como pedras. O alcaide pediu o almoço sem olhá-la. De volta à cozinha, a moça ligou o aparelho de rádio no fundo do refeitório. Ouviu-se um noticiário, com citações de um discurso pronunciado na noite anterior pelo presidente da República, depois a leitura de uma nova lista de artigos cuja importação ficava proibida. À medida que a voz do locutor enchia o ambiente, o calor foi se tornando mais intenso. Quando a moça voltou com a sopa, o alcaide procurava conter o suor abanando-se com o quepe.

— O rádio também me faz suar — disse a moça.

O alcaide começou a tomar a sopa. Sempre achara que aquele hotel solitário, sustentado por caixeiros-viajantes ocasionais, era um lugar diferente do resto do povoado. Na realidade, era anterior ao povoado. Na sua desconjuntada varanda de madeira, os comerciantes que vinham do interior comprar a safra de arroz passavam a noite jogando cartas, à espera da frescura da madrugada para poderem ir dormir. O próprio Coronel Aureliano Buendia, que fora discutir em Macondo os termos da capitulação da última guerra civil, dormiu uma noite naquela varanda, numa época em que não havia nenhum outro povoado muitas léguas derredor. Era, então, a mesma casa com paredes de madeira e teto de zinco, com o mesmo refeitório e as mesmas divisões de papelão nos quartos, só que sem luz elétrica nem sanitários. Um velho caixeiro-viajante contava que até princípios do século havia à disposição dos clientes uma coleção de máscaras pregadas no refeitório, e que os hóspedes mascarados faziam suas necessidades no pátio, à vista de todo mundo.

O alcaide teve que desabotoar o colarinho para terminar a sopa. Depois do noticiário, seguiu-se um disco com anúncios em verso. E, em seguida, um bolero sentimental. Um homem de voz mentolada, morto de amor, havia decidido dar volta ao mundo na perseguição de uma mulher. O alcaide prestou atenção à música, enquanto esperava o resto da comida, até que viu passar diante do hotel dois meninos com duas cadeiras comuns e uma cadeira de balanço. Atrás, duas mulheres e um homem com panelas e gamelas e o resto do mobiliário.

Foi até a porta, gritando:

— De quem roubaram essas coisas?

As mulheres pararam. O homem explicou que estavam trasladando a casa para terrenos mais altos. O alcaide perguntou aonde iam, e o homem apontou com o guarda-chuva para o sul:

— Lá em cima, num terreno que Dom Sabas nos alugou por trinta pesos.

O alcaide examinou os móveis. Uma cadeira de balanço desarticulada, panelas rachadas: coisas de gente pobre. Refletiu um instante. Finalmente disse:

— Levem essas casas com todos seus trastes para o terreno baldio, junto ao cemitério.

O homem ficou como que ofuscado.

— São terrenos da prefeitura e não custam nada a vocês — disse o alcaide. — O município lhes dá de presente.

E logo em seguida, dirigindo-se às mulheres, acrescentou:

— E digam a Dom Sabas que eu mando lhe dizer que não seja bandido.

Acabou o almoço sem prazer. Acendeu um cigarro, acendeu outro com o toco do primeiro e durante um longo tempo ficou pensativo, os cotovelos apoiados na mesa, enquanto o rádio moía boleros sentimentais.

— Em que o senhor está pensando? — perguntou a moça, levando os pratos vazios.

O alcaide não vacilou:

— Nessa pobre gente.

Pôs o quepe e atravessou o salão. Voltando-se, disse da porta:

— É preciso fazer deste povoado uma coisa decente.

Uma sangrenta refrega de cachorros lhe interrompeu o passo quando dobrava a esquina. Viu um nó de espinhaços e patas num torvelinho de uivos e depois uns dentes à mostra e um cachorro que arrastava uma pata com o rabo entre as pernas. O alcaide passou de lado, e seguiu pela calçada até o quartel da polícia.

Uma mulher gritava no calabouço, enquanto o guarda fazia a sesta estirado num catre. O alcaide deu um chute no pé da cama. O guarda despertou, num salto.

— Quem é ela? — perguntou o alcaide.

O guarda perfilou-se.

— A mulher que colava os pasquins.

O alcaide prorrompeu em impropérios contra os subalternos. Queria saber quem havia prendido a mulher e por ordem de quem a haviam metido no xadrez. Os agentes deram uma longa explicação.

— Quando a encarceraram?

Haviam-na encarcerado na noite de sábado.

— Pois sai ela e entra um de vocês — gritou o alcaide. — Essa mulher dormiu no xadrez e o povoado amanheceu todo empapelado.

Logo que foi aberta a pesada porta de ferro, uma mulher madura, de ossos pronunciados e com um monumental coque sustentado por uma travessa, saiu da cela gritando.

— Vá pro diabo que a carregue — disse o alcaide.

A mulher desfez o coque, sacudiu várias vezes a cabeleira longa e abundante, e desceu a escada como um relâmpago, gritando impropérios. O alcaide inclinou-se na varanda e gritou com toda a força de sua voz para que o ouvissem não apenas a mulher e os policiais, mas também todo o povoado:

— E não me fodam mais a paciência com esses papeizinhos.

Embora persistisse a chuvazinha, Padre Ángel saiu para seu passeio vespertino. Ainda era cedo para o encontro com o alcaide, de forma que ele foi até o setor das inundações. Só encontrou o cadáver de um gato flutuando entre as flores.

Quando regressava, a tarde começava a secar, tornando-se intensa e brilhante. Uma barcaça coberta de encerado descia o rio espesso e imóvel. Um menino saiu de uma casa, meio caído, gritando que havia encontrado o mar dentro de um caracol. Padre Ángel aproximou o caracol do ouvido. Com efeito, ali estava o mar.

A mulher do Juiz Arcadio estava sentada à porta de sua casa, como num êxtase, os braços cruzados sobre o ventre e os dois olhos fixos na barcaça. Três casas mais adiante começavam os armazéns, os mostruários das quinquilharias e os impávidos sírios sentados à porta. A tarde morria em nuvens de um intenso róseo e no alvoroço dos papagaios e dos micos na margem oposta.

As casas começavam a abrir-se. Sob as sujas amendoeiras da praça, rodeando os carrinhos de refrescos ou nos carcomidos bancos de granito, os homens se reuniam para conversar. Padre Ángel já percebera que todas as tardes, nesse instante, o povoado como que sofria o milagre da transfiguração.

— Padre, lembra-se dos prisioneiros dos campos de concentração?

O Padre Ángel não viu o Dr. Giraldo, mas o imaginou sorrindo por detrás da janela entelada. Honestamente, não se lembrava das fotografias, mas estava seguro de havê-las visto alguma vez.

— Pois suba até a salinha de espera — disse o médico.

O Padre Ángel empurrou a porta. Estendida na esteira, havia uma criatura de sexo indefinível, apenas ossos, inteiramente coberta com uma pele amarela. Dois homens e uma mulher esperavam sentados junto à parede. O padre não sentiu nenhum odor, mas imaginou que daquela criatura deveria exalar-se um cheiro intenso.

— Quem é? — perguntou.

— Meu filho — respondeu a mulher. E acrescentou, como que se desculpando: — Há dois anos que caga sangue.

O enfermo girou os olhos na direção da porta, sem mover a cabeça. O padre viu-se presa de uma aterrorizada piedade.

— E que lhe estão dando? — perguntou.

— Há tempos estamos lhe dando banana verde — disse a mulher —, mas ele não quer mais, apesar de ser bom para segurar a diarreia.

— É preciso que vocês o levem para confessar-se — disse o padre.

Mas disse isso sem convicção. Fechou a porta com cuidado e raspou com a unha a tela da janela, aproximando o rosto para ver o médico lá no interior. O Dr. Giraldo triturava algo no almofariz.

— Que é que ele tem? — perguntou o padre.

— Ainda não o examinei — respondeu o doutor; e comentou, pensativo: — São coisas que nos acontecem pela vontade de Deus, padre.

O padre fez que não notou o comentário.

— Nenhum dos mortos que já vi em minha vida parecia tão morto como esse pobre rapaz — disse.

Despediu-se. Não havia embarcações no porto. Começava a escurecer. Padre Ángel compreendeu que seu estado de ânimo havia mudado com a visão do enfermo. Percebendo subitamente que estava atrasado para o encontro, apressou o passo e dirigiu-se para o quartel da polícia.

O alcaide estava derreado numa espreguiçadeira, com a cabeça entre as mãos.

— Boa tarde — disse o padre, muito devagar.

O alcaide levantou a cabeça, e o padre tremeu ao ver seus olhos avermelhados pelo desespero. Tinha uma face fresca e recém-barbeada, mas a outra era negra e emaranhada, lambuzada de um unguento cor de cinza. Exclamou, num queixume surdo:

— Padre, vou dar um tiro na cabeça.

Padre Ángel sentiu uma sincera pena.

— O senhor está se intoxicando com tanto analgésico — disse.

O alcaide andou batendo com os pés até junto da parede e, os cabelos seguros nas mãos, bateu violentamente a cabeça contra as tábuas. O padre jamais fora testemunha de tanta dor.

— Tome mais dois comprimidos — disse, propondo conscientemente um remédio para a sua própria perturbação. — Não é com mais dois que o senhor vai morrer.

Padre Ángel não apenas era, mas tinha plena consciência de ser covarde da dor humana. Procurou os analgésicos no espaço nu da sala. Encostados à parede havia meia dúzia de tamboretes de couro, um armário envidraçado abarrotado de papéis poeirentos e uma litografia do presidente da República presa na parede por um prego. O único rastro dos analgésicos eram os invólucros vazios de celofane que se espalhavam pelo chão.

— Onde estão? — perguntou o padre, desesperado.

— Já não fazem nenhum efeito — disse o alcaide.

O pároco aproximou-se, repetindo:

— Diga-me onde estão.

O alcaide sacudiu-se violentamente, e Padre Ángel teve diante de si uma enorme e monstruosa cara, a poucos centímetros dos seus olhos.

— Merda — gritou o alcaide. — Já disse que não me aporrinhem.

Ergueu um tamborete por cima da cabeça e o jogou, com toda a força do seu desespero, contra a vidraça. Padre Ángel só compreendeu o que estava acontecendo quando, depois do instantâneo granizo do vidro, viu o alcaide surgir como uma serena aparição de entre a névoa de pó. Havia um silêncio perfeito naquele momento.

— Tenente — murmurou o padre.

Dois soldados com os fuzis carregados estavam na porta do corredor. O alcaide olhou sem vê-los, respirando como um gato, e eles baixaram os fuzis, mas permaneceram imóveis junto à porta. Padre Ángel levou o alcaide pelo braço até a espreguiçadeira.

— Onde estão os analgésicos? — insistiu.

O alcaide fechou os olhos e pendeu a cabeça para trás.

— Não tomo mais essas porcarias — disse. — Meus ouvidos ficam zumbindo e os ossos do meu cérebro já estão dormentes.

Na breve trégua da dor, voltou a cabeça para o padre e perguntou:

— Falou com o sacana do dentista?

O padre confirmou em silêncio. Pela expressão que se seguiu àquela resposta, o alcaide adivinhou os resultados da entrevista.

— Por que não fala com o Dr. Giraldo? — propôs o padre. — Há médicos que também arrancam dentes.

O alcaide demorou a responder:

— Dirá que não tem os instrumentos. — E acrescentou: — É uma conspiração.

Aproveitou uma trégua para repousar um pouco daquela implacável tarde. Quando abriu os olhos o quarto estava envolto na penumbra. Disse, sem ver o Padre Ángel:

— O senhor veio aqui a propósito de César Montero.

Não escutou nenhuma resposta.

— Com o diabo desta dor não pude fazer nada — prosseguiu. Levantou-se para acender a luz e, então, a primeira onda de pernilongos penetrou pela varanda. Padre Ángel sobressaltou-se ao ver que já era tão tarde.

— O tempo vai passando — disse.

— Mandarei ele na quarta-feira, de qualquer maneira — disse o alcaide. — Amanhã se regula tudo e à tarde ele pode se confessar.

— A que horas?

— Às quatro.

— Mesmo que esteja chovendo?

O alcaide descarregou num só olhar toda a impaciência reprimida em duas semanas de sofrimento.

— Mesmo que o mundo esteja acabando, padre.

A dor tornara-se invulnerável aos analgésicos. O alcaide armou a rede na varanda do quarto, tentando adormecer no ar fresco do início da noite. Antes das oito, porém, sucumbiu mais uma vez ao desespero e desceu para a praça, aplastada por uma densa onda de calor.

Depois de andar sem rumo pelos arredores, sem encontrar a inspiração que lhe fazia falta para sobrepor-se à dor, entrou no cinema. Foi um erro. O zumbido dos aviões de guerra aumentou a intensidade da dor. Antes do intervalo, deixou o salão e foi à farmácia, no preciso instante em que Dom Lalo Moscote se dispunha a fechar as portas.

— Me dê o que o senhor tiver de mais forte para dor de dente.

O farmacêutico examinou-lhe a face com um olhar de espanto. Depois foi até o fundo do estabelecimento, caminhando através de uma dupla fileira de armários com portas de vidro inteiramente ocupados por vasos de louça, cada um com o nome do produto gravado em letras azuis. Ao vê-lo de costas, o alcaide compreendeu que aquele homem de nuca roliça e rosada poderia estar vivendo um instante de grande felicidade. Conhecia-o. Morava em dois quartos, no fundo da farmácia, e sua esposa, uma mulher muito gorda, era paralítica há muitos anos.

Dom Lalo Moscote voltou com um vaso de louça sem rótulo, que exalou, ao ser aberto, um vapor de ervas-doces.

— Que é isso?

O farmacêutico mergulhou os dedos nas sementes secas do frasco e disse:

— Mastruço. Mastigue bem e depois engula o suco, pouco a pouco: não há nada melhor.

Colocou várias sementes na palma da mão e disse, olhando o alcaide por cima dos óculos:

— Abra a boca.

O alcaide esquivou-se. Girou o frasco nas mãos, para certificar-se de que não havia nada escrito, e voltou a fixar os olhos no farmacêutico.

— Dê-me alguma coisa estrangeira — disse.

— Isto é melhor do que qualquer coisa estrangeira — disse Dom Lalo Moscote. — Tem a garantia de três mil anos de sabedoria popular.

Começou a enrolar as sementes num pedaço de jornal. Não parecia um pai de família. Parecia um tio materno, enrolando o mastruço com a afetuosa diligência com que se faz um passarinho de papel para as crianças. Quando levantou a cabeça, começava a sorrir.

— Por que não o arranca?

O alcaide não respondeu. Pagou com uma nota e deixou a farmácia sem esperar o troco.

Já passava da meia-noite e ele continuava retorcendo-se na rede, sem atrever-se a mastigar as sementes. Por volta das onze, no ponto culminante do calor, havia caído um aguaceiro que se desfez numa chuvinha fraca. Esgotado pela febre, tremendo no suor pegajoso e gelado, o alcaide estirou-se de bruços na rede, abriu a boca e começou a rezar mentalmente. Rezou profundamente, os músculos tensos no espasmo final, mas consciente de que por mais que tentasse contato com Deus, com mais força ainda a dor o empurrava no sentido contrário. Então, calçou as botas e botou o impermeável sobre o pijama, e foi para o quartel de polícia.

Irrompeu na repartição vociferando. Enredados numa teia de realidade e pesadelo, os policiais se atropelaram na escuridão à procura das armas. Quando as luzes se acenderam, os soldados ainda estavam meio vestidos, à espera de ordens.

— González, Rovira, Peralta — gritou o alcaide.

Os três indicados deslocaram-se do grupo e rodearam o tenente. Não havia qualquer razão visível que justificasse a escolha: eram três mestiços comuns. Um deles, de traços infantis, imberbe quase, vestia uma camiseta de flanela. Os outros dois traziam a mesma camiseta sob o dólmã desabotoado.

Não receberam uma ordem precisa. Saltando os degraus de quatro em quatro, atrás do alcaide, deixaram o quartel em fila indiana; atravessaram a rua sem preocupar-se com a chuvinha rala e pararam diante da casa do dentista. Com duas cargas cerradas despedaçaram a porta a coronhadas. Já estavam no interior da casa, quando alguém acendeu as luzes do vestíbulo. Um homem pequeno e calvo, com os tendões à flor da pele, apareceu de cuecas na porta do fundo, procurando vestir o roupão. Ficou paralisado, no primeiro instante, com um braço levantado e a boca aberta, parecendo um fotógrafo que estivesse atrás de sua câmara antiga. Mas de repente deu um salto para trás e tropeçou em sua mulher, que saía do dormitório de camisola.

— Quietos — gritou o tenente.

A mulher gritou um "ai", com as mãos na boca, e voltou para o dormitório. O dentista dirigiu-se ao vestíbulo, ajustando o cordão do roupão, e só então reconheceu os três soldados que lhe apontavam os fuzis, e o alcaide, do qual escorria água por todos os lados, tranquilo, as mãos nos bolsos do impermeável.

— Dei ordem de atirar em sua mulher se ela sair do quarto — disse o tenente.

O dentista segurou na maçaneta, dizendo para o interior do quarto:

— Você ouviu, minha filha.

Com um gesto meticuloso fechou a porta do quarto. Depois foi até o gabinete dentário, vigiado através do descolorido mobiliário de vime pelos olhos sombrios dos canos dos fuzis. Dois soldados o antecederam na porta do gabinete. Um acendeu a luz e outro dirigiu-se diretamente à mesa de trabalho e tirou um revólver de uma das gavetas.

— Deve haver outro — disse o alcaide.

Havia entrado por último, logo atrás do dentista. Os dois soldados fizeram uma busca minuciosa mas rápida, enquanto o terceiro guardava a porta. Reviraram a caixa de instrumentos na mesa de trabalho e espalharam pelo chão moldes de gesso, dentaduras postiças ainda inacabadas, dentes soltos e obturações de ouro. Também esvaziaram os frascos de louça do armário envidraçado e com rápidos golpes de baioneta extirparam a almofadinha de oleado da cadeira dentária e o assento de molas da poltrona giratória.

— Tem de haver outro. É um 38, cano longo — explicou o alcaide.

Encarou o dentista.

— É melhor dizer logo onde está — lhe disse.

— Viemos dispostos a botar a casa abaixo até encontrar.

Por detrás dos óculos com armação de ouro, os olhos apertados e apagados do dentista não revelaram nada.

— Por mim, tanto faz — replicou ele, num tom pausado. — Se isso lhes dá prazer, podem continuar rebentando tudo.

O alcaide refletiu. Depois de examinar mais uma vez a pequena dependência de tábuas sem verniz, dirigiu-se para a cadeira, dando ordens seguidas e imperiosas aos seus comandados. Mandou que um deles ficasse na porta da rua, outro na entrada do gabinete e o terceiro junto à janela. Quando se acomodou na cadeira, abotoando o impermeável molhado, sentiu-se rodeado de metais frios. Aspirou profundamente o ar impregnado de creosoto e apoiou a cabeça na almofada da cadeira, procurando regular a respiração. O dentista apanhou no chão alguns instrumentos e pôs para ferver numa caçarola.

Permaneceu de costas para o alcaide, contemplando o fogo azul da chama, com a mesma expressão que teria se estivesse sozinho no consultório. Quando a água ferveu, enrolou o cabo da caçarola num papel e a levou até à cadeira. Seus passos foram impedidos por um dos soldados. O dentista baixou a caçarola, para olhar o alcaide por cima da fumaça e disse:

— Diga a este assassino que não me atrapalhe.

A um sinal do alcaide, o soldado afastou-se da janela para deixar o passo livre ao dentista. Puxou uma cadeira, encostou-a na parede e sentou-se com as pernas abertas, o fuzil atravessado sobre as coxas, sem se descuidar da vigilância. O dentista acendeu a lâmpada. Encandeado pela claridade repentina, o alcaide fechou os olhos e abriu a boca. A dor havia cessado.

O dentista localizou o molar doente, afastando com o indicador a gengiva inflamada e com a outra mão orientando a lâmpada móvel, completamente insensível à ansiosa respiração do paciente. Em seguida arregaçou a manga até o cotovelo e preparou-se para arrancar o queixal.

O alcaide segurou-lhe o pulso.

— Anestesia — disse.

Seus olhos se encontraram pela primeira vez.

— Vocês matam sem anestesia — disse suavemente o dentista.

O alcaide não notou na mão que apertava o gatilho nenhum esforço para libertar-se.

— Traga as ampolas — disse.

O soldado postado no canto moveu o fuzil na direção do dentista, e ambos, dentista e alcaide, ouviram perfeitamente o ruído do fuzil ao ser engatilhado.

— Suponho que não haja anestésico — disse o dentista.

O alcaide soltou o pulso.

— Tem que haver — replicou, examinando com um desconsolado interesse as coisas espalhadas pelo chão. O dentista o observou com uma paciente atenção. Em seguida, empurrou-lhe a cabeça contra a almofada do alto da cadeira, e disse, dando, pela primeira vez, mostras de impaciência:

— Deixe de ser estúpido, tenente; com um abscesso assim nenhum anestésico faria efeito.

Passado o instante mais terrível de sua vida, o alcaide relaxou a tensão dos músculos e permaneceu exausto na cadeira, enquanto os obscuros signos pintados pela umidade no céu raso fixavam-se em sua memória, até a morte. Ouviu o dentista lavando as mãos e, depois, colocar em seu lugar as gavetas da mesa, recolhendo em silêncio alguns objetos que ainda estavam no chão.

— Rovira — chamou o alcaide. — Diga a González que entre e apanhe as coisas do chão, até ficar tudo como encontraram.

Os soldados obedeceram. O dentista segurou o algodão com as pinças, embebeu-o num líquido cor de ferro e com ele tapou o buraco onde antes era o dente. O alcaide experimentou uma superficial sensação de ardor. Depois que o dentista lhe fechou a boca, continuou com os olhos fixos no céu baixo, atento ao barulho dos soldados que tentavam reconstruir de memória a minuciosa ordem do consultório. Soaram as duas na torre. Com um minuto de atraso, um nambu-chororó repetiu a hora dentro do murmurar da chuva rala. Um momento depois, vendo que já haviam terminado de arrumar as coisas, o alcaide fez um sinal aos seus subordinados para que regressassem ao quartel.

O dentista havia permanecido todo o tempo junto à cadeira. Quando os policiais foram embora, tirou o tampão da gengiva e, em seguida, explorou a boca com a lâmpada, voltou a ajustar as mandíbulas e afastou a luz. Tudo havia terminado. No pequeno e escaldante quarto ficou então essa espécie de mal-estar que só conhecem os varredores de um teatro depois que o último ator vai embora.

— Mal-agradecido — disse o alcaide.

O dentista pôs as mãos nos bolsos do avental e deu um passo atrás, para deixá-lo passar.

— Eu tinha ordem de pôr a casa abaixo — prosseguiu o alcaide, procurando os olhos do dentista por detrás da órbita da luz. — Tinha instruções precisas para *encontrar* armas e munições, bem como documentos com pormenores de uma conspiração nacional.

Fixou no dentista os olhos ainda úmidos e acrescentou:

— Acreditei que faria bem desobedecendo às ordens, mas me enganei. Agora as coisas estão mudando, a oposição conta com garantias e todo mundo vive em paz.

Apesar disso, você continua agindo e pensando como um conspirador.

O dentista enxugou com a manga a almofada do espaldar da cadeira e a ajustou do lado que não havia sido destruído.

— Sua atitude prejudica o povo — prosseguiu o alcaide, apontando a almofada, sem perceber o olhar pensativo que o dentista dirigiu à sua bochecha. — Pois agora é o município que tem de pagar por tudo isso que foi destruído, inclusive a porta da rua. Um dinheirão, e tudo por causa de suas bobagens.

— Faça bochechos com água de alforva — disse o dentista.

O Juiz Arcadio consultou o dicionário do Telégrafo, pois no seu faltavam algumas palavras. Não compreendeu nada: *nome de um sapateiro de Roma famoso por suas sátiras contra todo mundo*, e outras indicações sem importância. Com a mesma justiça histórica, aprendeu, uma injúria anônima pregada na porta de uma casa poderia chamar-se *marforio*. Não estava decepcionado. Durante os dois minutos que gastou na consulta, pela primeira vez em muito tempo experimentou a tranquilidade do dever cumprido.

O telegrafista viu-o colocar o dicionário na estante, entre as esquecidas compilações de portarias e disposições sobre os Correios e Telégrafos, e interrompeu a transmissão de uma mensagem com uma advertência enérgica. Depois aproximou-se, um baralho na mão, disposto a repetir o truque da moda: a adivinhação das três cartas. Mas o Juiz Arcadio não lhe prestou atenção.

— Agora estou muito ocupado — desculpou-se, e saiu para a rua escaldante, perseguido pela confusa certeza de que eram apenas 11 horas, e que ainda tinha muito tempo pela frente naquela terça-feira.

Na repartição, esperava-o um problema moral. Quando das últimas eleições, a polícia havia destruído os registros eleitorais do partido oposicionista. A maioria dos habitantes, portanto, necessitava agora de documentos de identificação.

— Toda essa gente que está transportando suas casas — concluiu o alcaide, os braços abertos — nem ao menos sabe como se chama.

O Juiz Arcadio compreendeu que por detrás daqueles braços existia realmente uma sincera aflição. Mas o problema do alcaide era simples: bastava solicitar a nomeação de um oficial de registro civil. O secretário simplificou ainda mais a solução:

— É só mandar chamá-lo — disse. — Já foi nomeado há mais de um ano.

O alcaide lembrou-se. Meses antes, quando lhe foi comunicada a nomeação do oficial de registro, fizera uma chamada interurbana para perguntar como devia recebê-lo, e lhe haviam respondido: "A tiros." Agora as ordens eram outras, bem diferentes. Voltou-se para o secretário, as mãos nos bolsos, disse:

— Escreva a carta.

A batida da máquina produziu no gabinete um ambiente de dinamismo que repercutiu na consciência do Juiz Arcadio. Sentiu-se vazio. Tirou um cigarro do bolso da camisa e o amaciou entre as mãos antes de acendê-lo.

Depois empurrou a cadeira para trás, até o limite das molas, e naquela postura o surpreendeu a inapelável certeza de que estava vivendo um minuto de sua vida.

Armou a frase antes de pronunciá-la:

— Em seu lugar, eu nomearia também um representante do ministério público.

Ao contrário do que esperava o juiz, o alcaide não lhe respondeu logo. Olhou o relógio sem ver as horas, conformando-se apenas com a comprovação de que ainda faltava muito tempo para o almoço. Quando falou, fê-lo sem entusiasmo: não conhecia a mecânica que regia as nomeações de um representante do ministério público.

— Os funcionários eram nomeados pelo conselho municipal — explicou o Juiz Arcadio. — Como não existe mais conselho, o regime de estado de sítio o autoriza a fazer as nomeações.

O alcaide ouvia enquanto assinava a carta sem ler. Depois fez um comentário entusiasta, mas o secretário o atalhou com uma observação de caráter ético a respeito da sugestão feita pelo seu superior. O Juiz Arcadio insistiu: era um recurso de emergência dentro de um regime de emergência.

— Me parece certo — disse o alcaide.

Tirou o quepe para abanar-se e o Juiz Arcadio viu o risco vermelho impresso na fronte. Pela sua maneira de abanar-se, depreendeu que o alcaide ainda não havia acabado de pensar. Tirou a cinza do cigarro com a longa e curvada unha do dedo mínimo, e esperou.

— Você tem algum candidato? — perguntou o alcaide. Era evidente que se dirigia ao secretário.

— Um candidato — repetiu o juiz, fechando os olhos.

— Em seu lugar eu nomearia um homem honesto — disse o secretário.

O juiz percebeu a impertinência.

— Isso é evidente — disse, e olhou alternativamente os dois homens.

— Por exemplo? — disse o alcaide.

— Agora não me lembro de ninguém — respondeu o juiz, pensativo.

O alcaide dirigiu-se para a porta.

— Pois comece a pensar num — disse. — Quando nos livrarmos do pesadelo das inundações, teremos que resolver o pesadelo do procurador a ser nomeado.

O secretário continuou inclinado sobre a máquina até que deixou de ouvir os passos do alcaide. Então, disse:

— Está louco. Não tem um ano e meio que rebentaram a pauladas a cabeça do último procurador, e ele agora quer encontrar outro que o substitua.

O Juiz Arcadio ergueu-se, num impulso.

— Já vou — disse. — Não quero que você me estrague o almoço com suas histórias sombrias.

Deixou a repartição. Havia como que um elemento aziago na composição do meio-dia, notou o secretário com a sua tendência para a superstição. Quando pôs o cadeado no escritório lhe pareceu estar executando um ato proibido. Fugiu. Alcançou na porta do telégrafo o

Juiz Arcadio, que ali voltara para averiguar se o truque das cartas podia ser aplicado de alguma maneira ao jogo de pôquer. O telegrafista negou-se a revelar o segredo. Repetiu indefinidamente o truque, visando a oferecer ao Juiz Arcadio a oportunidade de descobrir a chave do mistério. O secretário também observava o embaralhar das cartas, atento, e acabara por chegar a uma conclusão. Ao contrário, o Juiz Arcadio nem sequer olhou as três cartas. Sabia que eram sempre as mesmas que escolhera ao acaso e que o telegrafista lhe devolvia sem tê-las visto.

— É uma mágica — disse o telegrafista.

O Juiz Arcadio agora só pensava no problema de atravessar a rua. Quando se resignou a caminhar, agarrou o secretário pelo braço e o obrigou a mergulhar com ele na atmosfera de vidro fundido. Emergiram na sombra da outra calçada. Foi então que o secretário lhe explicou em que consistia o truque das cartas. A solução era tão simples que o Juiz Arcadio se sentiu ofendido.

Caminharam algum tempo em silêncio.

— Naturalmente — disse depois o juiz, com um rancor gratuito — você não averiguou os dados.

O secretário não respondeu logo, procurando o sentido exato da frase.

— É muito difícil — disse finalmente. — A maioria dos pasquins é arrancada antes do amanhecer.

— Esse é outro truque que eu não entendo — disse o Juiz Arcadio. — A mim não me tiraria o sono um pasquim que ninguém lê.

— Pois aí é que está — disse o secretário, detendo-se, pois havia chegado à sua casa. — O que tira o sono não são os pasquins, mas o medo dos pasquins.

Apesar de sabê-las incompletas, o Juiz Arcadio insistiu em conhecer as informações recolhidas pelo secretário. Anotou os casos, com nomes e datas: onze em sete dias. Não havia qualquer relação entre os nomes citados nos panfletos. Aqueles que leram os pasquins eram unânimes em afirmar que haviam sido escritos a pincel, em tinta azul e em letras de imprensa, numa mistura sem nexo de maiúsculas e minúsculas, como feitas por um menino. A ortografia era tão absurda que os erros pareciam ser deliberados. Não revelavam nenhum segredo: nada neles se dizia que já não fosse do domínio público. O juiz já havia feito todas as conjecturas possíveis quando o sírio Moisés o chamou de sua loja.

— O senhor tem um peso?

O Juiz Arcadio não compreendeu. Virou os bolsos pelo avesso e encontrou vinte e cinco centavos e uma moeda norte-americana que usava como amuleto desde a universidade. O sírio Moisés recolheu os vinte e cinco centavos.

— Agora, leve o que quiser e me pague quando quiser — disse. Fez tilintar as moedas na gaveta. — Tenho que vender qualquer coisa antes do meio-dia, que é para Deus me ajudar.

De maneira que quando tocaram as doze o Juiz Arcadio entrou em casa carregado de presentes para sua mulher. Sentou-se na cama, para mudar os sapatos, enquanto ela envolvia o corpo num corte de seda estampada. Imaginou sua aparência, depois do parto, com o vestido novo. Ela lhe deu um beijo no nariz. Tratou de evitá-la, mas ela caiu de braços sobre ele, na cama. Permaneceram imóveis. O Juiz Arcadio passou as mãos pelas suas costas, sentiu o calor do ventre volumoso, até que sentiu uma palpitação nos rins.

Ela levantou a cabeça. Murmurou, os dentes apertados:
— Espere que eu vou fechar a porta.

O alcaide esperou até que tivessem instalado a última casa. Em apenas vinte horas, haviam construído uma rua nova, larga e nua, que acabava subitamente no muro do cemitério. Depois de ajudar a colocar os móveis, trabalhando ombro a ombro com os proprietários, o alcaide entrou, quase asfixiado, na cozinha mais próxima. A sopa fervia no fogão de pedras improvisado no chão. Destampou a panela de barro e aspirou a fumaça. Do outro lado do fogão uma mulher magra, de olhos grandes e parados, observava-o em silêncio.

— Então, não se almoça? — perguntou o alcaide.

A mulher não respondeu. Sem ser convidado, o alcaide serviu-se de um prato de sopa. Então a mulher foi buscar uma cadeira no quarto e a colocou diante da mesa, para que o alcaide se sentasse. Enquanto tomava a sopa, examinou o pátio com uma espécie de reverente terror. Ainda ontem, aquilo era um terreno baldio. Agora havia roupa secando nos varais e dois porcos espojando-se na lama.

— Vocês podem até plantar — disse.

A mulher respondeu, sem levantar a cabeça:

— Não adianta. Os porcos comem tudo.

Depois lhe serviu, no mesmo prato, um pedaço de carne cozida, dois pedaços de aipim e meia banana verde. De um modo ostensivo pôs naquele ato de generosidade toda a indiferença de que era capaz. Sorrindo, o alcaide procurou os olhos da mulher.

— Há para todos — disse.

— Deus queira que tenha uma indigestão — disse a mulher, sem encará-lo.

O alcaide não deu importância à praga. Dedicou-se inteiramente ao almoço, sem se preocupar com os rios de suor que lhe caíam do pescoço. Quando terminou, a mulher retirou o prato vazio, ainda sem o olhar.

— Até quando vocês vão continuar assim? — perguntou o alcaide.

Sem alterar sua expressão apagada, a mulher disse:

— Até que nos ressuscitem os mortos que mataram.

— Agora é diferente — explicou o alcaide. — O novo governo preocupa-se com o bem-estar dos cidadãos. Vocês, no entanto...

A mulher o interrompeu:

— Tudo continua a mesma coisa...

— Um bairro como este, construído em vinte e quatro horas, era coisa que não se via antes — insistiu o alcaide.

— Estamos procurando fazer um povoado decente.

A mulher recolheu a roupa limpa nos varais e levou-a para o quarto. O alcaide a acompanhou com os olhos, até ouvir a sua resposta:

— Este era um povoado decente antes que vocês chegassem.

Não esperou pelo café.

— Mal-agradecidos — disse. — Estamos lhes dando terra de presente e ainda se queixam.

A mulher não respondeu, mas quando o alcaide atravessou a cozinha em direção à rua, murmurou, inclinada sobre o fogão:

— Aqui será ainda pior. Com o cemitério ao lado nos lembraremos de vocês sempre que lembrarmos os nossos mortos.

O alcaide procurou tirar uma sesta antes que as lanchas chegassem. Mas não resistiu ao calor. A inchação da bochecha começava a ceder, mas ainda não se sentia bem. Acompanhou o imperceptível curso do rio durante duas horas ouvindo o estridular de uma cigarra dentro do quarto. Não pensava em nada.

Quando ouviu o barulho do motor das lanchas, despiu-se, enxugou o suor com uma toalha e vestiu o uniforme. Em seguida procurou a cigarra, segurou-a com o polegar e o indicador e saiu para a rua. Um menino surgiu de entre a multidão que esperava as lanchas, limpo, bem-vestido, e o deteve, ameaçando-o com uma metralhadora de plástico. O alcaide lhe deu a cigarra.

Pouco depois, sentado na loja do sírio Moisés, ficou a observar a manobra das lanchas. O porto fervilhou durante dez minutos. O alcaide sentia o estômago pesado e uma pontada na cabeça — e lembrou-se da praga da mulher. Mas logo se tranquilizou, olhando os passageiros que atravessavam a plataforma de madeira e estiravam os músculos depois de oito horas de imobilidade.

— A mesma gente de sempre — disse.

O sírio Moisés contou-lhe a novidade: estava chegando um circo. O alcaide, olhando para as lanchas, concluiu que era verdade, embora a sua certeza não se baseasse em nada de concreto. Talvez por ter percebido um monte de mastros e de trapos coloridos amontoados no convés, e também pelas duas mulheres exatamente iguais, vestidas em idênticos trajes floridos, como se fossem uma mesma pessoa repetida.

— Pelo menos vem um circo — murmurou.

O sírio Moisés falou de feras e malabaristas, mas o alcaide tinha outra maneira de pensar no circo. Com as pernas estiradas, olhou a ponta das botas.

— O povoado progride — disse.

O sírio Moisés deixou de se abanar.

— O senhor sabe quanto vendi hoje? — perguntou.

O alcaide não arriscou nenhum cálculo, mas esperou a resposta.

— Vinte e cinco centavos — disse o sírio.

Nesse instante, o alcaide viu o telegrafista abrindo a mala do correio para entregar a correspondência ao Dr.

Giraldo. Chamou-o. O correio oficial vinha num envelope diferente dos outros. Rasgou o envelope e verificou que só continha comunicados rotineiros e papéis impressos de propaganda do governo. Quando acabou de ler, o cais estava transformado: fardos de mercadorias, capoeiras de galinhas, e os enigmáticos artefatos do circo. Começava a entardecer. O alcaide levantou-se, suspirando:

— Vinte e cinco centavos.

— Vinte e cinco centavos — repetiu o sírio, com voz sólida, quase sem sotaque.

O Dr. Giraldo observou até o fim o descarregar das lanchas. Foi ele quem chamou a atenção do alcaide para uma vigorosa mulher, de aparência hierática, com vários jogos de pulseiras em ambos os braços. Parecia esperar o Messias sob uma sombrinha colorida. O alcaide não prestou muita atenção à recém-chegada.

— Deve ser a domadora — disse.

— De um certo modo tem razão — disse o Dr. Giraldo, mordendo as palavras com a sua dupla fileira de pedras afiadas. — É a sogra de César Montero.

O alcaide retirou-se, consultou o relógio: eram três e trinta e cinco. Na porta do quartel o soldado o informou de que Padre Ángel o havia esperado meia hora e que voltaria às quatro.

Novamente na rua, sem saber o que fazer, viu o dentista na janela do consultório e aproximou-se para lhe pedir fogo. O dentista o atendeu, observando-lhe a bochecha ainda inchada.

— Já estou bom — disse o alcaide.

Abriu a boca. O dentista observou:

— Tem vários dentes em mau estado.

O alcaide ajustou o revólver no cinto.

— Voltarei qualquer dia — decidiu.

O dentista não mudou de expressão.

— Venha quando quiser, pois assim, quem sabe, posso satisfazer o meu desejo de vê-lo morrer em minha casa.

O alcaide lhe deu uma palmada no ombro.

— Nada disso — comentou com bom humor. E concluiu, os braços abertos: — Meus dentes estão acima dos partidos políticos.

— Mas, afinal, você não se casa?

A mulher do Juiz Arcadio abriu as pernas.

— Que esperança, padre — respondeu. — E muito menos agora, que vou lhe parir um menino.

Padre Ángel desviou os olhos na direção do rio. Uma vaca afogada, enorme, descia na corrente, com vários urubus em cima.

— Mas será um filho ilegítimo — disse.

— Pouco importa — disse ela. — Agora Arcadio me trata bem. Se o obrigo a se casar comigo, vai se sentir amarrado e eu acabo pagando o pato.

Havia tirado os tamancos e falava com os joelhos separados, os dedos dos pés acavalados no travessão do tamborete. Tinha o leque no regaço e os braços cruzados sobre o ventre volumoso.

— Nem esperanças, padre — repetiu, pois Padre Ángel continuava silencioso. — Dom Sabas me comprou por 200 pesos, me fez sua escrava durante três meses e depois me jogou no olho da rua sem um alfinete. Se Arcadio não me tivesse socorrido, eu teria morrido de fome — olhou para o padre pela primeira vez. — Ou então ia ser puta.

Padre Ángel vinha insistindo havia já seis meses.

— Você deve obrigá-lo a casar com você e constituir um lar — disse. — Assim como vivem agora não somente você está numa situação insegura, mas os dois estão dando um mau exemplo ao povoado.

— É melhor fazer as coisas francamente — disse ela. — Outros fazem o mesmo, mas com as luzes apagadas. O senhor não tem lido os pasquins?

— São calúnias — disse o padre. — Você tem que regularizar sua situação e colocar-se a salvo da maledicência do povo.

— Eu? Não tenho que me pôr a salvo de nada, porque faço as coisas à luz do dia. A prova é que ninguém gasta tempo me pondo nos pasquins, enquanto que todos os chamados decentes do povoado estão aí com seus nomes nos papéis.

— Você vivia uma vida miserável — disse o padre —, mas Deus lhe deu sorte de conseguir um homem que a ama. Por isso mesmo é que deve casar-se e constituir um lar, dentro da lei.

— Não entendo dessas coisas — disse ela —, mas o fato é que como estou agora tenho onde dormir e não me falta o que comer.

— E se ele a abandonar?

Ela mordeu os lábios. Sorriu enigmaticamente ao responder:

— Não me abandona não, padre. Sei o que estou dizendo.

Mas ainda dessa vez, Padre Ángel não se deu por vencido. Recomendou-lhe que ao menos assistisse à missa. Ela respondeu que o faria "qualquer dia desses", e o padre continuou o seu passeio, à espera da hora de encontrar-se com o alcaide. Um dos sírios lhe falou do bom tempo que fazia, mas ele não prestou atenção. Interessou-se, no entanto, pelas coisas e pormenores do circo, que agora descarregava suas feras na tarde brilhante. Ali ficou até às quatro.

O alcaide despedia-se do dentista quando viu se aproximar Padre Ángel.

— Pontual — disse, e lhe apertou a mão. — Pontual, embora não esteja chovendo.

Resolvido a subir a íngreme escada do quartel, o padre respondeu:

— E o mundo não esteja acabando.

Dois minutos depois foi introduzido na sala onde se encontrava César Montero.

Enquanto durou a confissão, o alcaide ficou sentado no corredor. Lembrou-se do circo, de uma vaga mulher segura num fio pelos dentes, a cinco metros de altura, e de um homem com uma farda azul bordada a ouro, batendo num tambor. Meia hora mais tarde, Padre Ángel deixou a sala de César Montero.

— Pronto? — perguntou o alcaide.

Padre Ángel olhou-o com rancor.

— Estão cometendo um crime — disse. — Esse homem não come há cinco dias. Ainda não sucumbiu devido à sua constituição física.

— Está assim porque quer — respondeu o alcaide, tranquilamente.

— Não é verdade — disse o padre, imprimindo à voz uma serena energia. — O senhor deu ordem para que não lhe dessem de comer.

O alcaide lhe apontou o dedo.

— Cuidado, padre. O senhor está violando o segredo da confissão.

— Isto não faz parte da confissão — disse o padre.

O alcaide levantou-se, num salto.

— Não me leve a mal — disse, rindo. — Se isso tanto o preocupa, agora mesmo vamos solucionar a coisa.

Chamou um soldado e deu ordem para trazer para César Montero comida do hotel.

— Que mandem uma galinha inteira, bem gorda, com um prato de batatas e uma salada completa — disse, e acrescentou dirigindo-se ao padre: — Tudo por conta do município, padre. Para o senhor ver como as coisas mudaram.

O padre baixou a cabeça.

— Quando é que o senhor vai mandá-lo?

— As lanchas saem pela manhã — disse o alcaide. — Se se mostrar razoável esta noite, irá amanhã mesmo.

Só tem que chegar à conclusão de que eu lhe estou fazendo um favor.

— Um favor um pouco caro — disse o padre.

— Não há favor que não custe dinheiro a quem o tem — disse o alcaide. Fixou os olhos nos diáfanos olhos azuis do Padre Ángel, e acrescentou: — Espero que o senhor o tenha feito compreender todas essas coisas.

Padre Ángel não respondeu. Desceu a escada e despediu-se, no corrimão, com um resmungo surdo. Então, o alcaide atravessou o corredor e entrou sem bater na sala onde se encontrava César Montero.

Era um quarto simples: uma bacia e uma cama de ferro. César Montero, barbado, vestido com a mesma roupa com que havia saído de casa na terça-feira da semana anterior, estava estendido na cama. Nem sequer moveu os olhos quando escutou o alcaide:

— Já que você ajustou as contas com Deus, nada mais justo que agora as ajuste comigo.

Puxando uma cadeira para perto da cama, sentou-se a cavalo, com o peito contra o espaldar de vime. César Montero concentrou sua atenção nas vigas do teto. Não parecia preocupado, apesar de se perceberem na comissura dos seus lábios os indícios de um longo diálogo consigo mesmo.

— Precisamos falar sem rodeios — ouviu o alcaide dizer. — Amanhã você vai embora. Se tiver sorte, dentro de dois ou três meses virá aqui um investigador especial. Somos nós que teremos de informá-lo de tudo. Na lancha seguinte ele voltará convencido de que você apenas cometeu uma estupidez.

Fez uma pausa, mas César Montero continuou imperturbável.

— Depois, os tribunais e os advogados lhe arrancarão no mínimo vinte mil pesos. Ou mais, se o investigador lhes disser que você é milionário.

César Montero voltou a cabeça para o alcaide. Foi um movimento quase imperceptível, mas que fez ranger as molas da cama.

— Finalmente — continuou o alcaide, com uma voz de assistente espiritual — lhe darão dois anos de prisão, e isso se você tiver sorte.

Sentiu-se examinado desde a ponta das botas. Quando o olhar de César Montero chegou até seus olhos, ele ainda não havia terminado de falar. Mas mudara de tom.

— Tudo o que você possui, deve a mim — dizia. — Eu tinha ordens de acabar com você numa emboscada e de confiscar suas reses, para que o governo tivesse com que atender aos enormes gastos das eleições em todo o departamento. Você sabe o que outros alcaides fizeram noutros municípios. Aqui, ao contrário, desobedecemos a essas ordens.

Nesse momento percebeu o primeiro sinal de que César Montero começava a pensar. Abriu as pernas. Com os braços apoiados no espaldar da cadeira respondeu a uma pergunta não formulada em voz alta pelo seu interlocutor:

— Nem um centavo do que você pagou pela sua vida foi para mim — disse. — Gastou-se tudo na organização das eleições. Agora o novo governo decidiu que deve haver paz e garantias para todos, e eu continuo vivendo miseravelmente com o meu ordenado, enquanto você nada em dinheiro. Você fez um bom negócio.

César Montero iniciou o laborioso processo de se levantar. Quando ficou de pé, o alcaide viu-se a si mesmo: minúsculo e triste diante de um imponente animal. Havia em seu olhar, enquanto acompanhava Montero até a janela, uma espécie de fervor.

— O melhor negócio de sua vida — murmurou.

A janela dava para o rio. César Montero não o reconheceu. Viu-se num povoado diferente, diante de um rio momentâneo. "Estou procurando ajudá-lo", ouvia dizer às suas costas. "Todos sabemos que foi uma questão de honra, mas vai lhe custar muito trabalho provar isso, porque você cometeu a estupidez de rasgar o pasquim." Nesse instante, uma onda nauseabunda invadiu a sala.

— A vaca — disse o alcaide — deve ter encalhado em alguma parte.

César Montero continuou na janela, indiferente ao ar que se tornara putrefato devido à vaca morta. Não havia ninguém na rua. No cais, três lanchas fundeadas, cuja tripulação armava as redes para dormir. No dia seguinte, às sete da manhã, a visão seria diferente: durante meia hora o porto estaria em ebulição, à espera de que embarcassem o preso. César Montero suspirou. Meteu as mãos nos bolsos e com ânimo resoluto, mas sem se apressar, resumiu em duas palavras seu pensamento:

— Quanto é?

A resposta foi imediata:

— Cinco mil pesos em bezerros de um ano.

— E mais cinco bezerros — disse César Montero — para que você me mande esta noite mesmo, depois do cinema, numa lancha especial.

A LANCHA APITOU, estridente, deu a volta no meio do rio, e a multidão concentrada no cais e as mulheres nas varandas viram pela última vez Rosário de Montero ao lado de sua mãe, sentada no mesmo baú de folha de flandres com que desembarcara no povoado sete anos atrás. Barbeando-se na janela do consultório, o Dr. Octavio Giraldo teve a impressão de que de certo modo aquela era uma viagem de volta à realidade.

O Dr. Giraldo lembrava-se da tarde em que ela havia chegado, com seu esquálido uniforme de normalista e seus sapatos masculinos, procurando no porto quem pudesse lhe cobrar menos para carregar o baú até a escola. Parecia resolvida a envelhecer sem ambições naquele povoado cujo nome viu escrito pela primeira vez — segundo ela mesma costumava contar — na papeleta que tirou de um chapéu quando sortearam entre onze pretendentes as vagas disponíveis. Instalou-se num pequeno quarto da escola, com uma cama de ferro e uma bacia, e passava as horas livres a bordar toalhas enquanto fervia a papa de milho na chama de petróleo. Nesse mesmo ano, pelo Natal, conheceu César Montero numa festividade escolar. Era um solteiro caladão de origem obscura, que enriquecera cortando madeira, que vivia na selva virgem entre cachorros selvagens e que só aparecia no povoado ocasionalmente, sempre barbado, com suas botas de tacões ferrados e uma espingarda de dois canos. Foi como se ela tivesse tirado pela segunda vez do chapéu o papelzinho premiado, pensava o Dr. Giraldo com a barba embranquecida de espuma, quando uma lufada nauseabunda arrancava-o de suas recordações.

Um bando de urubus dispersou-se na margem oposta do rio, espantados pelas marolas da lancha. O cheiro de podridão permaneceu sobre o cais por alguns instantes, misturou-se depois com a brisa matinal e penetrou nas casas, até o fundo.

— Que merda! — exclamou o alcaide na varanda do seu quarto de dormir, olhando a dispersão dos urubus. — É a puta da vaca.

Tapou o nariz com um lenço, entrou no quarto e fechou a porta da varanda. Dentro o cheiro persistia. Sem tirar o quepe, pendurou o espelho num prego e iniciou uma cuidadosa tentativa de barbear a face que ainda estava um pouco inflamada. Instantes depois, o empresário do circo chamou-o da porta.

O alcaide fê-lo sentar-se, observando-o pelo espelho enquanto se barbeava. Tinha uma camisa quadriculada, preta e branca, culotes de montar, polainas, e empunhava um chicotinho, com o qual dava pequenos e sistemáticos golpes no joelho.

— Já me chegou a primeira queixa contra vocês — disse o alcaide, acabando de raspar com a navalha os últimos indícios de duas semanas de desespero. — Esta noite mesmo.

— Mas por quê?

— Queixam-se de que os senhores estão mandando os meninos roubarem os gatos.

— Não é verdade — disse o empresário. — Compramos a peso todo gato que nos levam, sem perguntar de onde veio ele. É preciso alimentar as feras.

— E os jogam vivos nas jaulas?

— Em absoluto — protestou o empresário. — Isso despertaria o instinto de crueldade das feras.

Depois de lavar-se, o alcaide voltou-se para ele, enxugando o rosto com a toalha. Somente agora havia percebido que ele trazia em quase todos os dedos anéis com pedras coloridas.

— Pois terão que inventar outra coisa — disse. — Cacem javarés, se quiserem, ou aproveitem o pescado que tanto se perde nessa época do ano. Mas gatos vivos, de maneira nenhuma.

O empresário encolheu os ombros e acompanhou o alcaide até a rua. Grupos de homens conversavam no porto, apesar do mau cheiro que se desprendia da vaca morta e encalhada no mangue da margem oposta.

— Frescos — gritou o alcaide. — Em lugar de estarem aí falando mal da vida dos outros, seria melhor que formassem um grupo e fossem desencalhar o diabo dessa vaca.

Alguns homens o rodearam.

— Cinquenta pesos — propôs o alcaide — para quem me trouxer na repartição, antes de uma hora, os chifres dessa vaca.

Uma desordem de vozes estalou no extremo do cais. Alguns homens haviam ouvido a oferta do alcaide e já saltavam para as canoas, trocando desafios recíprocos, enquanto soltavam as amarras.

— Cem pesos — dobrou o alcaide, entusiasmado. — Cinquenta por cada chifre.

Levou o empresário até o extremo do cais. Ambos esperaram até que as primeiras embarcações alcançaram as dunas da outra margem. Então o alcaide se voltou, sorrindo, para o empresário.

— Este é um povoado feliz — disse.

O empresário confirmou com a cabeça.

— O que nos falta unicamente são coisas como esta — prosseguiu o alcaide. — As pessoas se metem em encrencas apenas por falta do que fazer.

Pouco a pouco, um grupo de meninos havia se formado em torno deles.

— Aí está o circo — disse o empresário.

O alcaide o arrastava pelo braço para a praça.

— Que é que vocês fazem? — perguntou.

— De tudo — disse o empresário. — É um espetáculo completo, para crianças e adultos.

— Isso não basta — disse o alcaide — É preciso que seja próprio também para o alcaide.

— Levaremos também isto em conta — disse o empresário.

Foram até um terreno baldio por detrás do cinema, onde haviam começado a aparar a grama. Homens e mulheres de aspecto taciturno tiravam trastes e panos coloridos dos enormes baús chapeados de ferro. Quando acompanhou o empresário através do atropelo de seres humanos e de trastes, apertando a mão de todos, o alcaide sentiu-se num ambiente de naufrágio. Uma mulher robusta, de gestos decididos e uma dentadura quase completamente dourada, examinou a mão do alcaide, depois de apertá-la.

— Há qualquer coisa estranha em seu futuro — disse.

O alcaide retirou a mão, sem poder reprimir um momentâneo sentimento de depressão. O empresário deu com o chicote um suave golpe no braço da mulher.

— Deixe o tenente em paz — disse-lhe sem deter-se, empurrando o alcaide para o fundo do terreno onde estavam as feras. — O senhor acredita nisso?

— Depende — disse o alcaide.

— A mim não me convencem — disse o empresário. — Quando se leva a vida que eu levo, acaba-se acreditando somente na vontade humana.

O alcaide contemplou os animais adormecidos pelo calor. As jaulas exalavam um odor acre e morno, e havia uma espécie de angústia sem esperanças na pausada respiração das feras. O empresário acariciou com o chicote o nariz de um leopardo, que se mexeu indolentemente na jaula, soltando um grunhido queixoso.

— Como se chama? — perguntou o alcaide.

— Aristóteles.

— Refiro-me à mulher — esclareceu o alcaide.

— Ah — disse o empresário. — Chamamos ela de Cassandra, o espelho do futuro.

O alcaide assumiu uma expressão desolada.

— Gostaria de me deitar com ela — disse.

— Tudo é possível — disse o empresário.

A viúva Montiel descerrou as cortinas do seu dormitório, dizendo: "Pobres dos homens". Pôs em ordem a mesa de cabeceira, guardou na gaveta o rosário e o livro de orações e limpou a sola das suas chinelas na pele de tigre, estendida ao lado da cama. Depois deu uma volta completa no quarto para fechar o toucador à chave, as três portas do armário e uma cômoda quadrada, sobre a qual se via um São Rafael de gesso. Por último, fechou o quarto, passando a chave na fechadura.

Enquanto descia pela larga escada de ladrilhos desenhados de labirintos, pensava no estranho destino de Rosário de Montero. Quando a viu cruzar a esquina do porto, com a aplicada compostura escolar de quem aprendeu a nunca voltar a cabeça, a viúva Montiel pressentiu de sua varanda que alguma coisa que havia começado a acabar há muito tempo finalmente chegara ao fim.

No corrimão da escada, esbarrou com o fervor do seu pátio de feira rural. Num dos lados da varanda havia uma prateleira com queijos enrolados em folhas novas; mais adiante, numa galeria exterior, sacos de sal empilhados e odres de mel, e no fundo do pátio um estábulo com mulas e cavalos, e selas de montar equilibradas nas cercas. A casa estava impregnada de um persistente cheiro de besta de carga, de mistura com um outro cheiro agressivo de curtume e moenda de cana.

No escritório, a viúva deu bom-dia ao Sr. Carmichael, que separava maços de cédulas enquanto conferia o livro de contas. Ao abrir a janela que dava para o rio, a luz das nove horas penetrou na sala repleta de adornos baratos, com grandes poltronas forradas de cinzento e um enorme retrato de José Montiel com um laço funerário num dos ângulos da moldura. A viúva sentiu nas narinas o bafo putrefato antes de ver as embarcações nas dunas da margem oposta.

— Que é que está acontecendo do outro lado? — perguntou.

— Estão procurando desencalhar uma vaca morta — respondeu o Sr. Carmichael.

— Então era isso — disse a viúva. — Sonhei toda a noite com este cheiro. — Olhou para o Sr. Carmichael, absorvido em seu trabalho, e acrescentou: — Agora só nos falta o dilúvio.

O Sr. Carmichael falou, sem levantar a cabeça:

— Já começou há quinze dias.

— Pois é — admitiu a viúva. — Agora chegamos realmente ao fim. Só nos resta deitar numa sepultura, no sol e ao sereno, até que a morte venha nos buscar.

O Sr. Carmichael a escutava sem interromper suas contas.

— Há anos que nos queixávamos de que nada acontecia neste povoado — prosseguiu a viúva. — De repente começou a tragédia, como se Deus tivesse resolvido que deveriam acontecer de uma só vez todas as coisas que durante anos haviam deixado de acontecer.

Do cofre, onde se encontrava agora, o Sr. Carmichael voltou a olhá-la e a viu de cotovelos na janela, os olhos fixos na margem oposta. Vestia um traje negro, de mangas até os punhos, e mordia as unhas.

— Quando a chuva passar, as coisas ficarão melhores — disse o Sr. Carmichael.

— A chuva não passará nunca — prognosticou a viúva. — As desgraças nunca chegam sozinhas. Viu o que aconteceu a Rosário de Montero?

O Sr. Carmichael disse que sim.

— Mas tudo isso não passa de um escândalo sem razão — disse. — Se alguém começa a dar ouvidos ao que dizem os pasquins, acaba maluco.

— Os pasquins — suspirou a viúva.

— Eu também já ganhei o meu — disse a Sr. Carmichael.

— Também o senhor?

— Eu — confirmou o Sr. Carmichael. — Pregaram em minha porta um bem grande e bem minucioso no sábado da semana passada. Parecia um anúncio de cinema.

A viúva trouxe uma cadeira para a escrivaninha.

— É uma infâmia — exclamou. — Nada se pode dizer contra uma família exemplar como a sua.

O Sr. Carmichael não se mostrava alarmado.

— Como minha mulher é branca, tivemos um filho de todas as cores — explicou. — Imagine a senhora: são onze.

— Compreendo — disse a viúva.

— Pois o papelucho dizia que sou pai somente dos meninos negros. E dava a lista dos pais dos outros. Meteram na história até Dom Chepe Montiel, que descanse em paz.

— Meu marido!

— O seu e os de mais outras quatro senhoras — disse o Sr. Carmichael.

A viúva começava a soluçar.

— Felizmente minhas filhas estão longe. — suspirou. — Dizem que não querem voltar a este país selvagem onde assassinam estudantes nas ruas, e eu lhes respondo que têm razão, que fiquem em Paris para sempre.

O Sr. Carmichael deu meia-volta na cadeira, percebendo que começara mais uma vez o embaraçoso episódio de todos os dias.

— A senhora não tem motivo para preocupações — disse.

— Pelo contrário — soluçou a viúva. — Eu deveria ser a primeira a arrumar meus trastes e ir embora daqui, mesmo perdendo tudo, as terras e tudo o mais que me faz lembrar essa desgraça. Não, Sr. Carmichael: não quero bacias de ouro para cuspir sangue nelas.

O Sr. Carmichael procurou consolá-la.

— A senhora tem de enfrentar suas responsabilidades — disse. — Não se pode jogar uma fortuna pela janela.

— O dinheiro é a bosta do diabo — disse a viúva.

— Mas, no seu caso, é também o resultado do duro trabalho de Dom Chepe Montiel.

A viúva mordeu os dedos.

— O senhor sabe que não é verdade — replicou. — Foi dinheiro mal ganho e o primeiro a pagá-lo, ao morrer sem se confessar, foi o próprio José Montiel.

Não era a primeira vez que dizia isso.

— A culpa, naturalmente, é daquele criminoso — exclamou, apontando o alcaide que passava na calçada oposta, levando pelo braço o empresário do circo. — Mas eu é que devo expiar pelos crimes dos outros.

O Sr. Carmichael deixou-a. Meteu os maços de dinheiro amarrados em tiras de elástico numa caixa de papelão e começou a chamar da porta os peões, por ordem alfabética.

Enquanto os homens recebiam o pagamento das quartas-feiras, a viúva Montiel os via passar sem responder a seus cumprimentos. Vivia sozinha na sombria casa de nove quartos onde morrera a Mamãe Grande e que José Montiel havia comprado sem supor que a viúva teria que encerrar ali, até à morte, a sua solidão. À noite, enquanto percorria os aposentos vazios com a bomba de inseticida, encontrava a Mamãe Grande pelos corredores, catando piolhos na cabeça, e lhe perguntava: "Quando é que vou morrer?" Mas aquela feliz comunicação com o além só fazia com que aumentasse sua incerteza, porque as respostas, como as de todos os mortos, eram incoerentes e contraditórias.

Pouco depois das onze a viúva viu, através das lágrimas, Padre Ángel atravessando a praça.

— Padre, padre — chamou, sentindo que assim fazendo estava dando um passo final.

Mas o Padre Ángel não a ouviu. Batera à porta da casa da viúva Asís, no outro lado da rua, e a porta se entreabrira de um modo um tanto sigiloso para deixá-lo passar.

No corredor inundado pelo canto dos pássaros, a viúva Asís jazia numa cadeira de pano, o rosto coberto com um lenço embebido em água-flórida. Pela maneira com que bateram à porta, viu logo que se tratava de Padre Ángel, mas prolongou aquele momentâneo alívio até que escutou o cumprimento. Então, descobriu o rosto, devastado pela insônia.

— Perdoe-me, padre — disse. — Não o esperava assim tão cedo.

Padre Ángel não sabia que havia sido convidado para almoçar. Desculpou-se, um pouco perturbado, dizendo que também ele passara a manhã toda com dor de cabeça e havia preferido atravessar a praça antes que o calor começasse.

— Não tem importância — disse a viúva. — Só queria dizer que o senhor vem me encontrar num estado deplorável.

O padre tirou do bolso um velho breviário, já sem capa.

— Se quiser, pode repousar um pouco enquanto eu faço minhas preces. — disse.

A viúva se opôs:

— Estou melhor.

Foi até o fim do corredor, com os olhos fechados, e quando voltou estendeu o lenço, com extremo cuidado, no braço da cadeira de armar. Ao sentar-se diante do Padre Ángel parecia vários anos mais jovem. E então, disse, sem qualquer dramaticidade:

— Padre, preciso de sua ajuda.

Padre Ángel guardou o breviário no bolso.

— Às suas ordens.

— Trata-se novamente de Roberto Asís.

Contrariando sua promessa de esquecer o pasquim que haviam pregado à porta de sua casa, Roberto Asís havia se despedido no dia anterior, dizendo que só voltaria no sábado, mas regressara intempestivamente naquela mesma noite. E desde então, até o anoitecer, quando a fadiga o venceu, ficara sentado na escuridão do quarto, esperando pelo suposto amante de sua mulher.

Padre Ángel escutou-a, perplexo.

— Mas isso não tem qualquer fundamento — disse.

— O senhor não conhece os Asís — replicou a viúva.

— Trazem o inferno na imaginação.

— Rebeca já conhece meu ponto de vista a respeito dos pasquins — disse. — Mas se a senhora quiser, posso falar também com Roberto Asís.

— De forma alguma — disse a viúva. — Seria atiçar a fogueira. O que eu gostaria é que o senhor, no sermão do domingo próximo, se referisse aos pasquins. Estou segura de que, ouvindo-o do púlpito, Roberto Asís passaria a refletir melhor.

Padre Ángel abriu os braços.

— Impossível — exclamou. — Seria dar às coisas uma importância que não têm.

— Mas nada é mais importante do que evitar um crime.

— A senhora acha que ele chegará a tal extremo?

— Não só acredito — disse a viúva — como estou também segura de que eu própria não teria forças para impedi-lo.

Sentaram-se à mesa, pouco depois. Uma empregada descalça trouxe arroz com feijão, legumes cozidos e uma travessa de almôndegas cobertas com um molho pardo e espesso. Padre Ángel serviu-se em silêncio. A pimenta picante, o profundo silêncio da casa e a sensação de desconcerto, que naquele instante enchia seu coração, transportaram-no novamente ao seu estreito quartinho de seminarista, no ardente meio-dia de Macondo. Num dia como aquele, poeirento e escaldante, recusara-se a dar sepultura cristã a um enforcado a quem os duros habitantes de Macondo se negavam a enterrar.

Desabotoou o colarinho da sotaina para deixar correr o suor.

— Está bem — disse à viúva. — Então, pelo menos, faça o possível para que Roberto Asís não falte à missa do domingo.

A viúva Asís prometeu.

O Dr. Giraldo e sua esposa, que nunca faziam a sesta, encheram a tarde com a leitura de um conto de Dickens. Ficaram na varanda interna da casa, ele na rede, escutando com os dedos entrelaçados sob a nuca; ela com o livro no colo, lendo de costas para a luz onde ardiam os gerânios. Lia num tom neutro, com uma ênfase profissional, sem mudar de posição na cadeira. Só levantou a cabeça no final, mas ficou com o livro aberto nos joelhos, enquanto o marido se lavava na bacia. O calor anunciava tempestade.

— É um canto comprido? — perguntou ela, depois de demorada reflexão.

Com os escrupulosos movimentos aprendidos na sala de operações, o médico levantou a cabeça da bacia.

— Dizem que é uma novela curta — disse diante do espelho, esfregando a brilhantina nas mãos. — Eu preferiria dizer que é mais um conto comprido.

Esfregou com os dedos a brilhantina no crânio, e concluiu:

— Os críticos diriam que é um conto curto, mas comprido.

Vestiu um terno de linho branco, ajudado pela mulher. Ela podia ser confundida com uma irmã mais velha, não só pela tranquila devoção que lhe dedicava, mas também pela frieza dos olhos, que a fazia parecer mais velha. Antes de sair, o Dr. Giraldo lhe mostrou a lista e a ordem das visitas, para o caso de um chamado urgente, e moveu os ponteiros do relógio de propaganda da sala de espera: *O doutor volta às cinco.*

A rua zumbia de calor. O Dr. Giraldo caminhou pela calçada da sombra perseguido por um pressentimento: apesar da dureza do ar, não choveria à tarde. O canto das cigarras tornava ainda mais intensa a solidão do porto, mas a vaca havia sido removida e arrastada pela corrente, e o cheiro fétido deixara na atmosfera um enorme vazio.

O telegrafista o chamou, do hotel.

— Recebeu um telegrama?

O Dr. Giraldo não havia recebido.

— *Avise condições despacho, assinado Arcofán* — citou de memória o telegrafista.

Foram juntos ao telégrafo. Enquanto o médico escrevia uma resposta, o funcionário começou a cabecear.

— É o ácido muriático — explicou o médico sem grande convicção científica. E apesar do seu pressentimento, acrescentou, à maneira de consolo, quando acabou de escrever: — Talvez chova esta noite.

O telegrafista contou as palavras. O médico não lhe prestou atenção, inclinado sobre um volumoso livro aberto junto ao manipulador. Perguntou se era uma novela.

— *Os Miseráveis*, Victor Hugo — telegrafou o telegrafista. Carimbou a cópia do telegrama e voltou à varanda com o livro. — Acredito que com este demoramos até dezembro.

Há anos que o Dr. Giraldo sabia que o telegrafista enchia suas horas livres transmitindo poemas para a telegrafista de San Bernardo del Viento. Ignorava que também lhe telegrafasse romances.

— Isto é sério demais — disse, folheando o manuseadíssimo volume, que despertou em sua memória confusas emoções de adolescente. — Alexandre Dumas talvez fosse mais apropriado.

— Ela gosta deste — explicou o telegrafista.

— Você já a conhece?

O telegrafista negou com a cabeça.

— Mas é o mesmo — disse. — Eu a reconheceria em qualquer parte do mundo, por causa dos saltinhos que ela dá sempre quando bate o r.

O Dr. Giraldo também reservou naquela tarde uma hora para Dom Sabas. Encontrou-o exausto na cama, enrolado em uma toalha amarrada na cintura.

— Os caramelos estavam bons? — perguntou o médico.

— É o calor — lamentou-se Dom Sabas, voltando para a porta o seu enorme corpo de velha. — Tomei a injeção depois do almoço.

O Dr. Giraldo abriu a maleta sobre uma mesa perto da janela. As cigarras gritavam no pátio e a habitação tinha uma temperatura vegetal. Sentado no pátio, Dom

Sabas urinou um lânguido manancial. Quando o médico encheu o tubo de cristal com a amostra do líquido cor de âmbar, o enfermo sentiu-se reconfortado. Disse, observando a análise:

— Muito cuidado, doutor, pois não quero morrer antes de saber como termina essa novela.

O Dr. Giraldo pôs um comprimido azul na amostra da urina.

— Qual novela?

— A dos pasquins.

Dom Sabas seguiu-o com um olhar manso até que o médico acabou de aquecer o tubo na mecha de álcool. Cheirou o vapor que se desprendia do tubo. Os descoloridos olhos do enfermo o aguardavam, interrogativos.

— Está bem — disse o médico, enquanto jogava no pátio a amostra da urina. Depois perguntou a Dom Sabas:

— O senhor também está interessado nessa história?

— Eu, não — disse o enfermo — Mas morro de gozo com o susto dos outros.

O Dr. Giraldo preparava a seringa hipodérmica.

— Além disso — continuou Dom Sabas — já me puseram num dos panfletos, dois dias atrás. As mesmas porcarias a respeito dos meus filhos e mais aquela história dos burros.

O médico apertou a artéria de Dom Sabas com uma sonda de borracha. O enfermo insistiu na história dos burros, mas teve de contá-la, pois o doutor não a conhecia.

— Foi um negócio de burros que fiz vinte anos atrás — disse. — Por coincidência, todos os burros que eu vendia amanheciam mortos dois dias depois, sem marcas de violência.

Estendeu o braço de carnes flácidas para que o médico extraísse uma amostra do sangue. Quando o doutor fechou com algodão o pequeno furo sangrento, Dom Sabas flexionou o braço.

— Pois o senhor sabe o que essa gente inventou?

O médico moveu a cabeça.

— Começou a correr o boato de que era eu mesmo que, de noite, invadia os sítios e ia atirar nos burros, bem dentro deles, metendo-lhes um revólver pelo cu.

O Dr. Giraldo guardou no bolso do paletó o tubo de cristal com a amostra de sangue.

— Essa história tem toda a aparência de ser verdadeira — disse.

— Eram as cobras — disse Dom Sabas, sentado na cama como um ídolo oriental. — De qualquer maneira, é preciso ser bem sacana para escrever uma coisa que todo mundo já conhece.

— Essa foi sempre uma característica dos pasquins — disse o médico. — Dizem o que todo o mundo sabe, e quase sempre o que dizem é verdade.

Dom Sabas sofreu uma crise momentânea.

— Acredito — murmurou, enxugando com o lençol o suor das pálpebras inchadas. Imediatamente reagiu: —

A realidade, doutor, é que neste país não existe uma só fortuna que não tenha em sua origem um burro morto.

O médico ouviu a frase inclinado sobre a bacia de lavar mãos. Viu refletida na água sua própria reação: um sistema dentário tão perfeito que não parecia natural. Procurando o paciente por cima dos ombros, disse:

— Eu sempre acreditei, meu querido Dom Sabas, que sua única virtude é a falta de vergonha.

O enfermo entusiasmou-se. As tiradas do médico lhe davam uma espécie de repentina juventude.

— Isso, e mais a minha potência sexual — disse, acompanhando as palavras com uma flexão do braço que podia ser um estímulo para a circulação, mas que ao médico pareceu uma expressiva indecência. Dom Sabas deu um saltinho com as nádegas. — É por isso que eu morro de rir dos tais papeluchos. Já estão dizendo que meus filhos não deixam em paz nenhuma menina que começa a despontar por estes montes, e eu digo: tiveram a quem sair, são filhos do seu pai.

Antes de se despedir, o Dr. Giraldo teve que escutar uma extensa recapitulação espectral das aventuras sexuais de Dom Sabas.

— Ah, uma juventude muito feliz, a minha — exclamou finalmente o enfermo. — Tempos felizes, quando uma cabrochinha de dezesseis anos custava menos que uma novilha.

— Essas lembranças aumentam a concentração do açúcar no sangue — disse o médico.

Dom Sabas abriu a boca.

Ao contrário — replicou. — São melhores do que as suas malditas injeções de insulina.

Quando chegou à rua, o médico levava a impressão de que pelas artérias de Dom Sabas havia começado a circular um suculento caldo. Mas então era já outra coisa que o preocupava: os pasquins. Há dias que os rumores haviam começado a chegar a seu consultório. Essa tarde, depois da visita a Dom Sabas, refletiu que na verdade não ouvira falar de outra coisa durante toda a semana.

Fez ainda várias visitas, e em todas lhe falaram dos pasquins. Escutou os relatos sem fazer comentários, aparentando uma risonha indiferença, mas na realidade procurando chegar a uma conclusão. Voltava ao consultório quando Padre Ángel, que saía da casa da viúva Montiel, arrancou-o de suas reflexões.

— Como estão seus doentes, doutor? — perguntou Padre Ángel.

— Os meus estão bem, padre — respondeu o médico. — E os seus?

Padre Ángel mordeu os lábios. Segurou o médico pelo braço e começaram os dois a cruzar a praça.

— Por que me pergunta?

— Não sei — disse o médico. — Tenho notícias de que grassa uma grave epidemia em sua clientela.

Padre Ángel mudou de assunto, o que ao médico pareceu um deliberado expediente.

— Acabo de falar com a viúva Montiel — disse. — A pobre mulher está com os nervos à flor da pele.

— Pode ser a consciência — diagnosticou o médico.

— É a obsessão da morte.

Embora residissem em direções opostas, Padre Ángel continuava a acompanhar o médico até seu consultório.

— Falando sério, padre, o que o senhor pensa dos pasquins?

— Não penso neles — disse o padre. — Mas se o senhor me obriga a dar uma opinião, eu diria que são obra da inveja que têm de um povoado exemplar.

— Assim os médicos não diagnosticavam nem na Idade Média — replicou o Dr. Giraldo.

Pararam defronte do consultório. Abanando-se lentamente, Padre Ángel repeliu pela segunda vez no dia que "não se deve dar às coisas uma importância que não têm". O Dr. Giraldo sentiu-se sacudido por um recôndito desespero.

— Como o senhor pode saber, padre, que não há nada de verdadeiro nos panfletos?

— Eu o saberia através do confessionário.

O médico encarou-o friamente nos olhos.

— Será ainda mais grave se o senhor não o souber através do confessionário.

Naquela mesma tarde, o Padre Ángel observou que também na casa dos pobres se falava dos pasquins, mas de um modo diferente e até com uma saudável alegria. Comeu sem apetite, depois de fazer a oração com uma perfurante dor de cabeça que atribuiu às almôndegas do almoço. Depois procurou saber a classificação moral do filme a ser exibido e pela primeira vez em sua vida sentiu um obscuro sentimento de soberba quando fez soar os doze rotundos toques da proibição absoluta. Em seguida, recostou um tamborete na porta da rua, sentindo que sua cabeça rebentava de dor, e dispôs-se a verificar pessoalmente quem entrava no cinema, desobedecendo à sua advertência.

Entrou o alcaide. Acomodado num canto da plateia, fumou dois cigarros antes que o filme começasse. A gengiva estava completamente desinflamada, mas o corpo ainda sofria com a lembrança das noites passadas e os estragos dos analgésicos, de maneira que os cigarros lhe causaram náuseas.

O salão do cinema era um pátio cercado por um muro de cimento, com teto de folhas de zinco até a metade da plateia, e em cujo chão crescia uma grama que parecia renovar-se diariamente, adubada pelos chicletes e pelas pontas de cigarro. Por um momento, o alcaide viu flutuando os bancos de madeira sem verniz, a grade de ferro que separava os bancos da galeria, e percebeu uma ondulação de vertigem no espaço, na parede dos fundos, pintada de branco, onde os filmes eram projetados.

Sentiu-se melhor quando as luzes se apagaram. Então, emudeceu a estridente música do alto-falante, mas se fez mais intensa a vibração do gerador elétrico instalado numa casinha de madeira, próximo ao projetor.

Antes do filme principal, passaram vários *slides* de propaganda. Um tropel de sussurros abafados, passos confusos e risos entrecortados tomou conta por alguns minutos da escuridão. Momentaneamente sobressaltado, o alcaide pensou que aquele ingresso clandestino tinha o caráter de uma subversão contra as rígidas normas do Padre Ángel.

Pelo penetrante odor de água-de-colônia, o alcaide reconheceu o proprietário do cinema quando este passou perto dele.

— Bandido — lhe sussurrou, agarrando-o pelo braço. — Você terá que pagar um imposto especial.

Rindo por entre os dentes, o proprietário ocupou o lugar ao lado do alcaide.

— O filme é bom.

— Por mim — disse o alcaide —, eu preferiria que todos fossem impróprios. Nada mais aborrecido do que filme moralista.

Anos antes, ninguém levava a sério a censura imposta pelos toques do padre. Mas depois, todos os domingos, quando da missa principal Padre Ángel começou a apontar do púlpito e a expulsar da igreja as mulheres que durante a semana haviam desobedecido sua proibição.

— A salvação para mim foi a portinha dos fundos — disse o proprietário.

O alcaide começou a acompanhar o noticiário já bastante velho. Falou, fazendo uma pausa cada vez que encontrava no filme um ponto de interesse.

— Tudo continua o mesmo — disse. — O cura não dá comunhão às mulheres que usam mangas curtas, e elas continuam usando mangas curtas, mas põem mangas postiças antes de entrar na igreja.

Depois do noticiário, passaram os *trailers* dos filmes da semana seguinte. Viram-nos em silêncio. Ao terminar, o proprietário inclinou-se para o alcaide.

— Tenente — sussurrou —, compre-me este troço.

O alcaide não tirou os olhos da tela.

— Não é negócio.

— Para mim, não — disse o proprietário. — Mas para o senhor será uma mina. Claro: com o senhor, o padre não ousaria usar o expediente dos seus malditos toquezinhos.

O alcaide refletiu antes de responder.

— É o caso de se pensar no assunto — disse.

Mas ficou aí. Colocou os pés em cima do banco da frente e perdeu-se nos rodeios de um enviesado drama que no final de contas não merecia mais do que quatro toques de sino.

Ao sair do cinema, demorou-se no salão de bilhar, onde se sorteavam os bilhetes da loteria. Fazia calor e o rádio transpirava uma música pedregosa. Depois de beber uma garrafa de água mineral, o alcaide foi dormir.

Caminhou despreocupadamente pela margem do rio, sentindo o rio crescer na escuridão, o rumor de suas entranhas e o seu cheiro de animal grande. Diante da porta do dormitório deteve-se, abruptamente. Dando um pulo para trás, sacou do revólver.

— Venha para o claro — disse com voz tensa — senão passo fogo.

Uma voz muito doce saiu da escuridão.

— Não fique nervoso, tenente.

Permaneceu com o revólver engatilhado até que a pessoa escondida surgiu, saindo da penumbra. Era Cassandra.

— Você escapou por pouco — disse o alcaide.

Fê-la subir ao dormitório. Durante um longo espaço de tempo Cassandra pôs-se a falar, seguindo uma acidentada trajetória. Havia se sentado na rede e enquanto falava tirou os sapatos e olhou com um certo candor as unhas dos pés, pintadas de vermelho vivo.

Sentado diante dela, abanando-se com o quepe, o alcaide acompanhou a conversa com uma correção convencional. Voltara a fumar. Quando soaram as doze, ela deitou-se de bruços na rede, estendeu para ele um braço adornado com um jogo de pulseiras sonoras e lhe fez cócegas no nariz.

— É tarde, meu menino — disse. — Apague a luz.

O alcaide sorriu.

— Não a chamei para isto — disse.

Ela não compreendeu.

— Você sabe realmente adivinhar a sorte? — perguntou o alcaide.

Cassandra voltou a sentar-se na rede.

— Claro — disse. E depois, tendo compreendido, calçou os sapatos. — Mas não trouxe o baralho.

— Aquele que come terra — sorriu o alcaide — deve trazer o seu torrão.

Tirou um velho baralho da maleta. Ela examinou cada carta, dos dois lados, com uma séria atenção.

— As minhas cartas são melhores — disse. — Mas de qualquer maneira o importante é a comunicação.

O alcaide puxou uma mesinha, sentou-se diante dela, e Cassandra começou a pôr as cartas.

— Amor ou negócios? — perguntou.

O alcaide enxugou o suor das mãos.

— Negócios — disse.

Um burro sem dono protegeu-se da chuva sob o beiral da casa do vigário e ficou toda a noite dando coices contra a parede do quarto de dormir. Foi uma noite sem sossego. Depois de ter conseguido um sono rápido, ao amanhecer, Padre Ángel despertou com a impressão de estar coberto de pó. Os nardos adormecidos debaixo da chuva fina, o fedor do reservado e mais o lúgubre interior da igreja depois que se esvaneceram as badaladas das cinco, tudo parecia ter se conluiado para fazer daquela uma madrugada difícil.

Da sacristia, onde se vestiu para rezar a missa, percebeu Trinidad fazendo sua colheita de ratos mortos, enquanto entravam na igreja as primeiras e silenciosas mulheres dos dias comuns. Durante a missa notou com progressivo rancor os equívocos do acólito, de latim claudicante, e chegou ao último instante com o sentimento de frustração que sempre o atormentava nas más horas da sua vida.

Ia fazer a primeira refeição quando Trinidad o deteve, com uma expressão radiante.

— Hoje caíram mais seis — disse, fazendo ouvir os ratos mortos dentro da caixa. Padre Ángel procurou sobrepor-se à angústia de que se achava tomado.

— Magnífico — disse. — Mas não seria melhor encontrar os ninhos, para exterminá-los por completo?

Trinidad havia encontrado os ninhos. Explicou como localizara os buracos, em vários lugares da igreja, especialmente na torre e no batistério, e como os havia tapado com asfalto. Naquela manhã havia encontrado um rato enlouquecido jogando-se contra as paredes, depois de ter procurado por toda parte, sem encontrar, a porta sua toca.

Saíram para o pequeno pátio empedrado, onde os primeiros nardos assumiam a sua postura vertical. Trinidad demorou-se despejando os ratos mortos no sanitário. Quando entrou na sala, Padre Ángel dispunha-se a fazer o seu desjejum, depois de ter tirado o guardanapo sob o qual aparecia todas as manhãs, como numa prestidigitação, a comida que lhe mandava a viúva Asís.

— Esqueci de dizer que não pude comprar o arsênico — disse que não podem vender sem ordem do médico.

— Não será preciso — disse Padre Ángel. — Vão todos morrer sufocados em seus buracos.

Aproximou a cadeira da mesa e começou a dispor a xícara, o prato com rabanadas e a cafeteira com um dragão japonês gravado, enquanto Trinidad abria a janela.

— É melhor a gente se prevenir, pois eles podem voltar — disse ela.

Padre Ángel serviu-se do café e ficou a olhar Trinidad com sua bata sem forma e seus sapatos de inválida.

— Você se preocupa demais com os ratos — disse.

Padre Ángel não descobriu, nem então nem antes, qualquer indício de preocupação no escuro emaranhado das sobrancelhas de Trinidad. Sem poder evitar um ligeiro tremor dos dedos, voltou a tomar o café, depois de ter acrescentado mais duas colherinhas de açúcar, e começou a rodar a xícara com os olhos fixos no crucifixo pregado na parede.

— Há quanto tempo você não se confessa?

— Desde sexta-feira — respondeu Trinidad.

— Diga-me uma coisa — falou Padre Ángel. — Alguma vez você me ocultou algum pecado?

Trinidad negou com a cabeça.

Padre Ángel fechou os olhos. Deixou de mexer o café, pôs a colher no pires e segurou Trinidad pelo braço.

— Ajoelhe-se — disse.

Desconcertada, Trinidad pôs a caixa de papelão no solo e ajoelhou-se diante dele.

— Reze o *Eu, Pecador* — disse Padre Ángel, dando à sua voz o tom paternal do confessionário.

Trinidad apertou os punhos contra o peito, rezando num murmúrio indecifrável, até que o padre lhe colocou a mão no ombro e disse:

— Está bem.

— Eu menti — disse Trinidad.
— O que mais?
— Tive maus pensamentos.

Era a ordem da sua confissão. Enumerava sempre os mesmos pecados, e sempre na mesma ordem. Daquela vez, no entanto, Padre Ángel não resistiu à urgência de saber mais.

— Por exemplo — disse.
— Não sei — vacilou Trinidad. — Às vezes a gente tem maus pensamentos.

Padre Ángel insistiu:
— Nunca lhe passou pela cabeça o desejo de se matar?
— Ave Maria Puríssima — exclamou Trinidad, sem levantar a cabeça e ao mesmo tempo batendo com o nó dos dedos numa das pernas da mesa. Depois respondeu:
— Não, padre.

Padre Ángel obrigou-a a levantar a cabeça e percebeu com um sentimento de desolação que os olhos da moça começavam a encher-se de lágrimas.

— Quer dizer que o arsênico era mesmo para os ratos?
— Sim, padre.
— Então, por que está chorando?

Trinidad quis baixar a cabeça, mas o padre segurou o seu queixo com força. As lágrimas rolaram, profusas e ardentes. Padre Ángel viu-as correr por entre seus dedos como um tépido vinagre.

— Acalme-se — lhe disse. — Ainda não terminou a sua confissão.

Deixou-a desafogar-se num pranto silencioso. Quando viu que ela acabara de chorar, disse, suavemente:

— Bem, agora me conte.

Trinidad assoou o nariz no vestido e engoliu uma saliva grossa e salgada de lágrimas. Quando voltou a falar já havia recobrado a sua estranha voz de barítono.

— Meu tio Ambrósio me persegue — disse.

— Como assim?

— Quer que eu o deixe passar uma noite em minha cama — disse Trinidad.

— Continue.

— É só isso — disse Trinidad. — Juro por Deus que é só isso.

— Não jure — admoestou-lhe o padre. E depois perguntou com a sua tranquila voz de confessor: — Diga-me uma coisa: com quem é que você dorme?

— Com a minha mãe e as outras — disse Trinidad. — Sete no mesmo quarto.

— E seu tio?

— No outro quarto, com os homens — disse Trinidad.

— Ele nunca foi até seu quarto?

Trinidad negou com a cabeça.

— Diga-me a verdade — insistiu Padre Ángel. — Ande, não tenha medo: ele nunca tentou passar para o seu quarto?

— Uma vez.

— Como foi?

— Não sei — disse Trinidad. — Quando acordei, vi que ele estava debaixo do meu lençol, quietinho, dizendo-me que não queria me fazer nada de mal, só queria dormir comigo porque tinha medo dos galos.

— Que galos?

— Não sei — disse Trinidad. — Foi o que ele me disse.

— E você, que respondeu?

— Que se ele não fosse embora eu começaria a gritar e acordaria todo mundo.

— E ele, o que fez?

— Cástula acordou e me perguntou o que estava acontecendo, e eu lhe disse que nada, que devia estar sonhando, e então ele ficou quieto, como um morto, e quase nem percebi quando ele saiu de debaixo do lençol.

— Estava vestido — disse o padre de um modo afirmativo.

— Estava como costuma dormir — disse Trinidad. — Apenas de calças.

— Não pegou em você?

— Não, padre.

— Diga-me a verdade.

— É verdade, padre — insistiu Trinidad. — Juro por Deus.

Padre Ángel voltou a levantar-lhe a cabeça, e enfrentou seus olhos umedecidos por um brilho triste.

— Por que você me escondeu tudo isso?

— Tinha medo.

— Medo de quê?

— Não sei, padre.

Pôs a mão em seu ombro e aconselhou-a demoradamente. Trinidad aprovava com a cabeça. Quando terminaram, começou a rezar com ela, numa voz quase inaudível: "Senhor meu Jesus Cristo, Deus e Homem verdadeiro..." Rezava profundamente, com um certo terror, fazendo paralelamente ao correr da oração uma reconstituição mental de sua vida, até onde lhe permitia a memória. No momento de dar a absolvição havia começado a apoderar-se do seu espírito uma amarga sensação de desastre.

O alcaide empurrou a porta, gritando:
— Juiz.
A mulher do Juiz Arcadio apareceu no quarto de dormir, enxugando as mãos numa toalha.
— Há duas noites que não aparece — disse.
— Maldito seja — disse o alcaide. — Ontem não esteve na repartição. Procurei-o por todos os cantos, tenho um caso urgente para ele resolver e ninguém sabe onde, diabo, ele se meteu. Você não tem ideia de onde ele possa estar?
A mulher encolheu os ombros.
— Com certeza na casa das putas.
O alcaide saiu sem fechar a porta. Entrou no salão de bilhar, onde o toca-discos automático moía a todo volume uma canção sentimental, e foi diretamente ao compartimento dos fundos, gritando:
— Juiz.
Dom Roque, o proprietário, interrompeu a operação de encher garrafas de rum que tirava de um vasilhão.

— Não está aqui, tenente — gritou.

O alcaide passou para o outro lado do biombo. Grupos de homens jogavam cartas. Nenhum deles havia visto o Juiz Arcadio.

— Porra — disse o alcaide. — Neste povoado todo mundo sabe o que todo mundo faz, e agora que preciso do juiz ninguém sabe onde ele se meteu.

— Pergunte a quem está colocando os pasquins — disse Dom Roque.

— Já disse para não me foderem a paciência com essa história — disse o alcaide.

No escritório também não estava o juiz. Eram nove horas, mas o secretário do juizado já cochilava no corredor do pátio. O alcaide foi ao quartel da polícia, mandou que se fardassem três soldados e ordenou que procurassem o Juiz Arcadio no salão de baile e nos quartos de três mulheres clandestinas que o povoado inteiro conhecia. Depois voltou para a rua, mas sem qualquer direção determinada. Na barbearia, esparramado na cadeira e com a cara envolta numa toalha quente, encontrou o Juiz Arcadio.

— Maldito seja, juiz — gritou. — Há dois dias que ando à sua procura.

O barbeiro retirou a toalha e o alcaide viu uns olhos inchados e o queixo sombreado pela barba de três dias.

— E o senhor some enquanto sua mulher está parindo — disse.

O Juiz Arcadio pulou na cadeira.

— Merda.

O alcaide riu ruidosamente, empurrando-o de encontro ao espaldar.

— Não se chateie — disse. — Estou procurando-o para outra coisa.

O Juiz Arcadio voltou a estirar-se, os olhos fechados.

— Acabe logo com isso e venha para a repartição — disse o alcaide. — Espero lá.

Sentou-se no banco.

— Mas onde, diabo, o senhor estava?

— Por aí — disse o juiz.

O alcaide não costumava frequentar a barbearia. Vira certa vez o letreiro pregado na parede: *É proibido falar de política*, mas não lhe deu importância. Daquela vez, no entanto, o aviso lhe despertou a atenção.

— Guardiola — chamou.

O barbeiro limpou a navalha nas calças e ficou em suspenso.

— Que é que há, tenente?

— Quem o autorizou a pôr isso? — perguntou o alcaide, apontando para o letreiro.

— A experiência — disse o barbeiro.

O alcaide puxou um tamborete até a parede do fundo do salão, subiu e arrancou o aviso.

— Aqui o único que tem direito de proibir qualquer coisa é o governo — disse. — Estamos numa democracia.

O barbeiro voltou ao trabalho.

— Ninguém pode impedir que as pessoas manifestem suas ideias — prosseguiu o alcaide, rasgando o aviso.

Após jogar os pedaços na lata de lixo, foi até o toucador lavar as mãos. Em seguida procurou o barbeiro no espelho e o viu absorto no trabalho. Não o perdeu de vista enquanto enxugava as mãos.

— A diferença entre antes e hoje — disse — é que antes eram os políticos que mandavam e agora quem manda é o governo.

— Ouviu bem, Guardiola? — disse o Juiz Arcadio com a cara coberta de espuma.

— Perfeitamente — disse o barbeiro.

Ao sair, arrastou o Juiz Arcadio para a repartição. Sob a chuva rala e persistente, as ruas pareciam pavimentadas com sabão fresco.

— Sempre acreditei que aquilo ali é um ninho de conspiradores — disse o alcaide.

— Falam — disse o Juiz Arcadio. — Mas não passam disso.

— É exatamente o que me inquieta — respondeu o alcaide. — Me parecem demasiado mansos.

— Na história da humanidade — sentenciou o juiz —, nunca houve o caso de um barbeiro conspirador. Em compensação, nunca houve um alfaiate que não o tenha sido.

Só soltou o braço do juiz quando o viu sentado na cadeira giratória. O secretário entrou bocejando, com uma folha de papel datilografada.

— Isso mesmo — disse o alcaide —, agora vamos trabalhar. Jogou o quepe para trás e apanhou a folha de papel. — Que é isto?

— É para o juiz — disse o secretário. — É a lista das pessoas contra as quais não foram escritos os pasquins.

O alcaide olhou para o Juiz Arcadio com uma expressão de perplexidade.

— Ah, merda! — exclamou. — De maneira que até o senhor está se preocupando com essa porcaria.

— É como ler novelas policiais — desculpou-se o juiz.

O alcaide passou os olhos pela lista.

— Uma boa pista — explicou o secretário. — O autor tem de ser um destes. Não lhe parece lógico?

O Juiz Arcadio tirou a folha do alcaide.

— O nosso secretário é um débil mental — disse, dirigindo-se ao alcaide. E depois voltou-se para o secretário: — Então você não percebe que se fosse eu, por exemplo, quem estivesse colocando os pasquins, seria o primeiro a pregar um deles na minha própria casa, para ficar acima de qualquer suspeita? — E perguntou ao alcaide: — O senhor não concorda, tenente?

— São coisas do povo — disse o alcaide —, e o povo sabe o que faz e como faz. A nós cabe não dar importância ao que não tem.

O Juiz Arcadio rasgou a folha de papel, fez uma bola com os pedaços e jogou-a no pátio:

— Claro.

Antes mesmo de ouvir a resposta, o alcaide já havia esquecido o incidente. Apoiou a palma das mãos na secretária e disse:

— Bem, o problema que quero que o senhor resolva com seus livros é este: devido às inundações, a gente do bairro baixo transportou suas casas para os terrenos que ficam atrás do cemitério, que são da minha propriedade. Que tenho de fazer neste caso?

O Juiz Arcadio sorriu:

— Para isso o senhor não tinha necessidade de vir até aqui — disse. — É a coisa mais simples do mundo: o município adjudica os terrenos aos colonos e paga a indenização correspondente a quem provar que eles são de sua propriedade.

— Eu tenho as escrituras — disse o alcaide.

— Então só resta nomear peritos para que façam a avaliação — disse o juiz. — O município paga.

— Quem os nomeia?

— O senhor mesmo pode nomeá-los.

O alcaide foi até a porta, ajustando o coldre. Vendo-o afastar-se, o Juiz Arcadio pensou que a vida não é mais que uma contínua sucessão de oportunidades de sobreviver.

— Não é preciso ficar nervoso por uma questão tão simples — sorriu.

— Não estou nervoso — disse o alcaide, num tom sério. — Mas não deixa de ser um problema.

— Antes de mais nada, o senhor tem de nomear o procurador — interveio o secretário.

O alcaide voltou-se para o juiz.

— É certo?

— Isso não é absolutamente indispensável sob o estado de sítio — disse o juiz. — Mas é evidente que a sua posição seria mais correta se um procurador tratasse do assunto, dada a coincidência de que o senhor é o dono dos terrenos em litígio.

— Então vamos nomeá-lo — disse o alcaide.

O Sr. Benjamín trocou de pé, na caixa do engraxate, sem tirar os olhos dos urubus que disputavam uma tripa no meio da rua. Observou os movimentos difíceis dos animais, elegantes e cerimoniosos como se estivessem dançando uma dança antiga, e admirou a fidelidade representativa dos homens que se fantasiam de urubus no domingo antes da Quaresma. O menino sentado a seus pés untou de óxido de zinco o outro sapato e bateu novamente na caixa, ordenando nova troca de pé.

O Sr. Benjamín, que noutra época viveu de escrever requerimentos, não tinha pressa de nada. O tempo tinha uma imperceptível velocidade no interior daquela loja que ele fora comendo centavo por centavo, até reduzi-la a um galão de petróleo e um maço de velas de sebo.

— Mesmo chovendo, ainda continua fazendo calor — disse o menino.

O Sr. Benjamín não concordou. Vestia um impecável termo de linho. O menino, ao contrário, estava com a camisa empapada de suor.

— O calor é uma questão mental — disse o Sr. Benjamín. — Tudo consiste em não lhe dar atenção.

O menino não fez comentários. Deu outra batida na caixa e segundos depois o trabalho estava concluído. No interior de sua lúgubre loja de armários vazios, o Sr. Benjamín vestiu o paletó. Depois pôs um chapéu de palha entrançada, atravessou a rua protegendo-se do chuvisco e chamou à janela da casa defronte. Uma moça de cabelos de um negro intenso e pele pálida apareceu na veneziana entreaberta.

— Bom dia, Mina — disse o Sr. Benjamín. — E então, não vai almoçar?

Ela respondeu que não e acabou de abrir a janela. Estava sentada diante de um grande cesto cheio de arames cortados e papéis coloridos. Tinha no regaço um novelo de linha, tesouras e um ramo de flores artificiais, ainda sem terminar. Um disco cantava na vitrola.

— Podia me fazer o favor de dar uma olhada na loja, enquanto eu volto? — perguntou o Sr. Benjamín.

— Vai demorar?

O Sr. Benjamín ouvia o disco.

— Vou ao dentista — disse. — Antes de meia hora já estou aqui.

— Está bem — disse Mina. — A cega não quer que eu fique muito tempo na janela.

O Sr. Benjamín deixou de escutar o disco.

— As canções de hoje são todas a mesma coisa — comentou.

Mina ergueu uma flor, que terminava no extremo de um comprido caule de arame forrado de papel verde. Fê-la girar entre os dedos, fascinada pela perfeita correspondência entre o disco e a flor.

— O senhor é inimigo da música — disse.

Mas o Sr. Benjamín já se tinha ido, caminhando na ponta dos pés para não espantar os urubus. Mina voltou ao trabalho depois que o viu entrar no consultório do dentista.

— No meu modo de ver — disse o dentista, abrindo a porta —, a sensibilidade do camaleão está nos olhos.

— É possível — admitiu o Sr. Benjamín. — Mas a que vem isso?

— Acabo de ouvir no rádio que os camaleões cegos não mudam de cor — disse o dentista.

Depois de deixar num canto o guarda-chuva aberto, o Sr. Benjamín pendurou num mesmo prego o paletó e o chapéu e depois sentou-se na cadeira. O dentista batia no almofariz uma pasta rosada.

— Dizem muitas coisas — disse o Sr. Benjamín.

Não somente naquele instante, mas em qualquer circunstância, sempre falava assim, com uma inflexão misteriosa.

— Sobre os camaleões?

— Sobre todo mundo.

O dentista aproximou-se da cadeira com a pasta que acabara de preparar para tirar o molde da arcada dentária. O Sr. Benjamín despojou-se da dentadura postiça, enrolou-a num lenço e a colocou em cima de um vidro, perto da cadeira. Sem dentes, com os ombros estreitos e os membros estreitos esquálidos, tinha algo de um santo. Depois de ajustar a pasta na arcada, o dentista fez com que ele fechasse a boca.

— Pois é — disse, olhando-o nos olhos. — Sou um covarde.

O Sr. Benjamín tentou respirar profundamente, mas o dentista lhe manteve a boca fechada. "Não", disse interiormente. "Não se trata disso." Sabia, como todo mundo, que o dentista havia sido o único sentenciado à morte, no povoado, que não abandonou a sua casa. Haviam lhe perfurado as paredes a tiros, deram-lhe um prazo de 24 horas para deixar o povoado, mas não conseguiram dobrá-lo. Mudara o consultório para uma dependência interna da casa, e ali ficou trabalhando com o revólver ao alcance da mão, sem perder o controle, até que passaram os longos meses de terror.

Enquanto durou a operação, o dentista viu por várias vezes assomar aos olhos do Sr. Benjamín uma mesma resposta expressada em diferentes graus de angústia. Mas lhe manteve a boca fechada, à espera de que a pasta secasse. Depois retirou o molde, já endurecido.

— Não me referia a isso — desabafou o Sr. Benjamín, quando pôde falar. — Referia-me aos pasquins.

— Ah — disse o dentista. — Até o senhor?

— É um sintoma de decomposição social — disse o Sr. Benjamín.

Voltara a colocar a dentadura postiça e iniciava o minucioso processo de vestir o paletó.

— É um sintoma de que, mais tarde ou mais cedo, tudo se sabe — disse o dentista, com indiferença. Olhou pela janela o céu carregado, e sugeriu: — Espere que a chuva passe.

O Sr. Benjamín dependurou o guarda-chuva no braço.

— Deixei a loja sozinha — disse, observando por sua vez as nuvens escuras. Despediu-se com o chapéu, dizendo, da porta: — E veja se tira essa ideia da cabeça, Aurélio. Ninguém tem o direito de pensar que você é um covarde apenas porque arrancou um dente do alcaide.

— Se você pensa assim — disse o dentista —, espere um segundo.

Foi até a porta e entregou ao Sr. Benjamín uma folha de papel dobrada.

— Leia e passe adiante.

O Sr. Benjamín não teve necessidade de desdobrar o papel para saber do que se tratava. Olhou-o, a boca aberta.

— Outra vez?

O dentista confirmou com a cabeça e ficou na porta até que o Sr. Benjamín saiu.

Às doze horas a mulher chamou-o para almoçar. Ángela, sua filha de 20 anos, cerzia meias na sala de jantar pobremente mobiliada com móveis e objetos que pareciam ter sido velhos desde sua origem. Na prateleira que dava para o pátio via-se uma fileira de potes pintados de vermelho com plantas medicinais.

— O pobre do Benjaminzinho — disse o dentista ao ocupar seu lugar na mesa redonda — está preocupado com os panfletos.

— E quem não está? — perguntou a mulher.
— As Tovar vão deixar o povoado — interveio Ángela.
A mãe começou a servir a sopa.
— Estão vendendo tudo às pressas — disse.
Ao aspirar o cálido aroma da sopa, o dentista sentiu-se ainda mais distante das preocupações de sua mulher.
— Voltarão — disse. — A vergonha tem má memória.
Soprando na colher antes de tomar a sopa, esperou o comentário da filha, uma moça de aspecto um tanto árido, como ele, mas cujo olhar exalava uma incomum vivacidade. Ela, porém, limitou-se a falar do circo. Disse que havia um homem que serrava a mulher pela metade, um anão que cantava com a cabeça metida na boca de um leão e um trapezista que executava o tríplice salto mortal sobre uma plataforma eriçada de facas. Comendo em silêncio, o dentista a escutava e, no final da refeição, prometeu que aquela noite, se não chovesse, iriam todos ao circo.

No quarto de dormir, enquanto armava a rede para a sesta, percebeu que a promessa não havia modificado o humor da mulher. Também ela estava disposta a deixar o povoado se pregassem um panfleto em sua porta.

O dentista ouviu-a sem surpresa.

— Seria muito engraçado — disse — que não podendo nos botar para fora à bala, conseguissem fazê-lo agora apenas com um papel pregado na porta.

Tirou os sapatos e meteu-se na rede, de meias, tranquilizando-a:

— Não se preocupe. Não há o menor perigo de que nos colem um dos pasquins.

— Não respeitam ninguém — disse a mulher.

— Depende — disse o dentista. — Comigo sabem que a coisa é diferente.

A mulher estendeu-se na cama com um ar de infinito cansaço.

— Se ao menos se soubesse quem os coloca.

— Quem os coloca, sabe — disse o dentista.

O alcaide costumava passar dias inteiros sem comer. Simplesmente se esquecia. Sua atividade, que certas vezes se mostrava febril, era tão irregular como as prolongadas épocas de ócio e tédio, em que vagava sem rumo pelo povoado, ou se fechava em sua sala blindada, inconsciente do transcorrer do tempo. Sempre sozinho, sempre um tanto à deriva, não possuía uma só afeição especial, nem nunca se lembrou de ter passado uma época norteada por costumes regulares. Somente impulsionado por uma irresistível necessidade é que aparecia no hotel, a qualquer hora, e comia o que lhe serviam.

Naquele dia, almoçou com o Juiz Arcadio. Passaram juntos toda a tarde, até que a venda dos terrenos ficou legalizada. Os peritos cumpriram o seu dever. O procurador, nomeado em caráter interino, desempenhou seu cargo durante duas horas. Pouco depois das quatro, ao entrar no salão de bilhar, ambos pareciam regressar de uma penosa incursão pelo futuro.

— Então, terminamos — disse o alcaide, esfregando as mãos.

O Juiz Arcadio não lhe deu atenção. O alcaide viu-o procurando um banco para se instalar junto ao balcão e lhe deu um analgésico.

— Um copo de água — ordenou a Dom Roque.

— Uma cerveja gelada — corrigiu o Juiz Arcadio, com a testa apoiada no balcão.

— Ou uma cerveja gelada — retificou o alcaide, pondo o dinheiro sobre o balcão. — Ele merece, pois hoje trabalhou como um homem.

Depois de tomar a cerveja, o Juiz Arcadio alisou com os dedos o couro cabeludo. O estabelecimento agitava-se com um ar de festa, à espera do desfile do circo.

O alcaide assistia a ele do salão de bilhar. Saudada pelos metais da banda, primeiro passou uma moça com um traje prateado, montada num elefante anão de orelhas como folhas pendentes. Logo atrás, desfilaram os palhaços e os trapezistas. Havia parado de chover por completo e os últimos raios de sol começavam a esquentar a tarde lavada. Quando cessou a música, para que o homem das pernas de pau pudesse ler o anúncio, todo o povoado pareceu erguer-se da terra num silêncio de milagre.

Padre Ángel, que assistiu ao desfile da sua sala, ficou com o ritmo da música na cabeça. Aquele bem-estar invocado da infância o acompanhou durante o jantar e também no princípio da noite, até quando acabou de controlar o ingresso no cinema e se encontrou novamente consigo mesmo no quarto de dormir. Depois de rezar, permaneceu num êxtase triste na cadeira de vime, sem perceber quando soaram as nove horas nem quando emudeceu o alto-falante do cinema e, em seu lugar, ficou a cantoria dos sapos. Depois foi até a mesa de trabalho, para escrever um bilhete ao alcaide.

Num dos lugares de honra do circo, que ocupava por instâncias do empresário, o alcaide presenciou o número de abertura dos trapézios e um outro, dos palhaços. Depois apareceu Cassandra, vestida de veludo preto e com os olhos vendados, oferecendo-se para adivinhar o pensamento dos assistentes. O alcaide fugiu. Fez uma ronda de rotina pelo povoado e às dez foi ao quartel da polícia. Ali o esperava, em papel de carta e numa letra excessivamente desenhada, o bilhete de Padre Ángel. Alarmou-o o formalismo do convite.

Padre Ángel começava a despir-se quando o alcaide bateu na porta.

— Caramba — disse o pároco —, não esperava que viesse tão depressa.

O alcaide tirou o quepe, antes de entrar.

— Gosto de responder cartas — sorriu.

Jogou o quepe, fazendo-o girar como um disco, na cadeira de vime. Viu na tina várias garrafas de gasosa ali postas para refrescar. Padre Ángel apanhou uma.

— Toma uma limonada?

O alcaide aceitou.

— Incomodei-o apenas — disse o pároco, indo diretamente ao assunto — para lhe manifestar minha preocupação pela sua indiferença em face do problema dos pasquins.

Disse de uma maneira que poderia ser interpretada como uma brincadeira, mas o alcaide o entendeu ao pé da letra. Perguntou-se, perplexo, como a preocupação com os pasquins poderia ter arrastado Padre Ángel até aquele ponto.

— É estranho, padre, que até o senhor se preocupe com tal bobagem.

Padre Ángel revistava as gavetas da mesa à procura do abridor.

— Não são propriamente os panfletos que me preocupam — disse um pouco perturbado, sem saber o que fazer com a garrafa. — O que me preocupa é, digamos assim, um certo estado de injustiça que há em tudo isso.

O alcaide tirou a garrafa de suas mãos e a destampou na ferradura de sua bota, com uma habilidade da mão esquerda que chamou a atenção do Padre Ángel. Limpou a espuma que extravasava da garrafa.

— Existe uma vida privada — começou, sem conseguir uma conclusão. — Falando seriamente, padre, não vejo o que se poderia fazer.

O padre instalou-se na mesa de trabalho.

— Pois devia saber — disse. — Afinal, não devem existir novidades para o senhor.

Percorreu a sala com um olhar impreciso e disse, noutro tom:

— O senhor deveria fazer alguma coisa antes do domingo.

— Hoje é quinta-feira — lembrou o alcaide.

— Sei perfeitamente — replicou o padre — que o tempo é curto. — E acrescentou, com um recôndito impulso: — Mas talvez não seja tarde para que o senhor cumpra o seu dever.

Padre Ángel viu o alcaide ir e vir no quarto, aprumado e esbelto, sem qualquer sinal de madureza física, e sentiu um definido sentimento de inferioridade.

— Como vê — reafirmou —, não se trata de nada excepcional.

Bateram as onze na torre. O alcaide esperou até que a última ressonância se dissolvesse e, então, se inclinou diante do padre, com as mãos apoiadas na mesa. Seu rosto exprimia a mesma ansiedade que se percebia em sua voz.

— Preste atenção, padre — começou. — O povoado está tranquilo, as pessoas começam a ter confiança na autoridade. Neste momento, qualquer manifestação de força seria um risco muito grande por uma coisa sem maior importância.

Padre Ángel aprovou com a cabeça e procurou explicar-se:

— Refiro-me, de um modo geral, a certas medidas das autoridades.

— Em todo caso — prosseguiu o alcaide, sem mudar de atitude —, não posso ignorar as circunstâncias. O senhor sabe muito bem que tenho sob minhas ordens seis policiais no quartel, ganhando soldo sem fazerem nada. Não consegui até agora a troca de nenhum deles.

— Sei — disse o Padre Ángel. — Não o culpo de nada.

— Não é mais segredo para ninguém — o alcaide continuava com veemência, sem se preocupar com as interrupções — que três deles são criminosos comuns, tirados dos cárceres e disfarçados de policiais. Como as coisas estão, não posso correr o risco de mandá-los para a rua caçar um fantasma.

Padre Ángel abriu os braços.

— Claro, claro — reconheceu com decisão. — Isto está fora de questão. Mas por que, por exemplo, o senhor não recorre aos bons cidadãos?

O alcaide estirou-se, bebendo da garrafa em goles espaçados. Tinha o peito e as costas empapados de suor. Disse:

— Os bons cidadãos, como o senhor disse, estão morrendo de rir com os pasquins.

— Não todos.

— Além disso, não é justo alarmar o povo com uma coisa que não vale a pena. Francamente, padre — concluiu, de bom humor —, confesso que até esta noite não me ocorrera que o senhor e eu tivéssemos alguma coisa a ver com essa bobagem.

Padre Ángel assumiu uma atitude maternal.

— Até certo ponto, concordo — replicou, procurando uma laboriosa justificação, na qual se misturavam parágrafos já amadurecidos do sermão que havia começado a ordenar mentalmente desde o dia anterior, quando do almoço na casa da viúva Asís. — Trata-se, se assim se pode dizer — culminou —, de uma caso de terrorismo de ordem moral.

O alcaide sorriu.

— Bem, bem — quase o interrompeu. — Não vamos agora meter filosofia nos papeluchos, padre.

Abandonando na mesa a garrafa sem terminar, transigiu da melhor maneira que lhe ocorreu:

— Mas já que o senhor está dando tanta importância ao caso, verei o que se pode fazer.

Padre Ángel agradeceu. Não era nada bom, segundo revelou, subir ao púlpito, no domingo seguinte, levando consigo uma preocupação como aquela. O alcaide disse que compreendia, mas via que a noite já ia alta e que estava tirando do padre as suas horas de sono.

O TAMBOR A rufar reapareceu como um espectro do passado. Estalou defronte do bilhar, às dez da manhã, e susteve o povoado em equilíbrio no seu próprio centro de gravidade, até quando soaram as três enérgicas advertências do final e se restabeleceu a angústia.

— A morte! — exclamou a viúva Montiel, vendo abrirem-se portas e janelas e as pessoas acorrerem de toda parte para a praça. — Chegou a morte!

Como resposta à impressão inicial, afastou as cortinas e observou o tumulto em redor do soldado da polícia, que se preparava para ler o pregão. Havia na praça um silêncio excessivo para a voz do pregoeiro. Apesar da atenção com que procurou ouvir o que ele dizia, a viúva Montiel só conseguiu entender duas palavras.

Ninguém, em casa, soube lhe explicar. O pregão havia sido lido com o mesmo e autoritário ritual de sempre, uma nova ordem reinava no mundo, e ela não encontrava ninguém que tivesse compreendido. A cozinheira alarmou-se com a sua palidez.

— Que dizia o pregão?

— É o que estou procurando averiguar, mas ninguém sabe de nada. O fato — disse a viúva — é que desde que o mundo é mundo, os pregões nunca anunciaram nada de bom.

Então a cozinheira foi para a rua e voltou com os pormenores. A partir daquela noite, e até que cessassem as causas que o motivaram, restabelecia-se o toque de silêncio. Ninguém podia sair à rua depois das oito e até as cinco da manhã sem um salvo-conduto, assinado e carimbado pelo alcaide. A polícia tinha ordem de gritar três vezes a ordem de "alto!" a toda pessoa que encontrasse na rua, e se não fosse obedecida tinha ordem de atirar. O alcaide organizaria rondas de civis, por ele mesmo designados para colaborar com a polícia na vigilância noturna.

Mordendo as unhas, a viúva Montiel perguntou quais as causas da medida.

— Não foram ditas no pregão — respondeu a cozinheira —, mas todo mundo sabe quais são: os pasquins.

— O coração me dizia — exclamou a viúva, aterrorizada. — A morte está plantada neste povoado.

Mandou chamar o Sr. Carmichael. Obedecendo a uma força mais antiga e madura que um impulso ocasional, mandou que ele tirasse do depósito e levasse para o quarto de dormir o baú de couro com pregos de cobre que José Montiel havia comprado para sua única viagem, um ano antes de morrer. Tirou do armário alguns vestidos, roupas de baixo e sapatos, e arrumou tudo no fundo do baú. Ao fazê-lo, começava a experimentar a sensação de absoluto repouso com que tantas vezes havia sonhado, imaginando-se longe daquele lugar e daquela casa, num quarto com fogão e um pedaço de quintal onde pudesse cultivar orégão, e onde somente ela pudesse ter o direito de recordar José Montiel, com a única preocupação de esperar as tardes das segundas-feiras para ler as cartas de suas filhas.

Havia guardado apenas a roupa indispensável; o estojo de couro com as tesouras, o esparadrapo e o frasquinho de iodo e as coisas de coser, além da caixa de sapatos com o rosário e os livros de orações — mas assim mesmo foi atormentada pela ideia de que levava mais coisas do que as que Deus lhe podia perdoar. Então enrolou o São Rafael de gesso num pé de meia, acomodou-o cuidadosamente entre seus trapos e fechou o baú à chave.

Quando o Sr. Carmichael chegou, encontrou-a vestindo suas roupas mais humildes. Naquele dia, como um sinal promissor, o Sr. Carmichael não trazia o guarda-chuva. A viúva, porém, não percebeu isso. Tirou do bolso todas as chaves da casa, cada uma com uma papeleta escrita à máquina, e as entregou ao Sr. Carmichael, dizendo:

— Deixo em suas mãos o pecaminoso mundo de José Montiel. Faça dele o que bem entender.

Há muito tempo que o Sr. Carmichael temia que chegasse aquele momento.

— Quer dizer — balbuciou — que a senhora pretende ir para algum outro lugar até que passem todas essas coisas?

A viúva respondeu com uma voz pausada, mas imperativa:

— Vou-me para sempre.

O Sr. Carmichael, sem demonstrar seu alarme, fez-lhe uma síntese da situação. A herança de José Montiel ainda não havia sido regularizada. Muitos dos bens, adquiridos de qualquer maneira e sem tempo para cumprir as devidas formalidades, encontravam-se numa situação legal indefinida. Enquanto não se pusesse ordem naquela fortuna caótica, era impossível liquidar a sucessão. O filho maior, no seu posto consular na Alemanha, e as duas filhas, fascinadas pelos delirantes mercados de carne de Paris, teriam de voltar ou nomear procuradores para fazerem valer seus direitos. Antes disso, nada poderia ser vendido.

A momentânea iluminação daquele labirinto, no qual estava perdida há dois anos, não conseguia daquela vez comover a viúva Montiel.

— Não importa — insistiu. — Meus filhos estão felizes na Europa e nada têm a fazer neste país de selvagens, como eles mesmos dizem. Se quiser, Sr. Carmichael, faça um embrulho de tudo o que encontrar nesta casa e jogue-o aos porcos.

O Sr. Carmichael não a contrariou. Sob o pretexto de que teria de preparar algumas coisas para a viagem, saiu à procura do médico.

— Agora vamos ver, Guardiola, em que consiste o seu patriotismo.

O barbeiro e o grupo de homens que conversava na barbearia reconheceram o alcaide antes de vê-lo na porta.

— E o de vocês também — prosseguiu, apontando para os mais jovens. — Esta noite todos terão o fuzil que tanto desejam, e veremos se são tão desgraçados a ponto de voltá-los contra nós.

Era impossível duvidar do tom cordial de suas palavras.

— Melhor seria uma vassoura — replicou a barbeiro. — Para caçar bruxas, nada melhor do que uma vassoura.

Nem sequer olhou para o alcaide. Estava raspando a nuca do primeiro cliente da manhã e não levava a sério o que o alcaide lhe dizia. Só quando o ouviu perguntando quem, do grupo, era reservista e, portanto, em condições de manejar um fuzil, é que o barbeiro compreendeu que na verdade ele era um dos escolhidos.

— Mas realmente, alcaide, vai nos meter nessa embrulhada? — perguntou.

— E por que não? — respondeu o alcaide. — Vocês não passam o tempo cochichando sobre fuzis? Pois agora cada um terá o seu.

Parou detrás do barbeiro, de onde podia dominar pelo espelho todo o grupo.

— Falo sério — disse, dando à voz um tom autoritário. — Esta tarde, às seis, os reservistas de primeira categoria devem apresentar-se no quartel.

O barbeiro olhou-o do espelho.

— E se eu apanhar uma pneumonia? — perguntou.

— Nós o curaremos no xadrez — respondeu o alcaide.

O toca-discos do salão de bilhar choramingava um bolero sentimental. O salão estava vazio, mas em algumas mesas viam-se garrafas e copos pela metade.

— Agora sim — disse Dom Roque, vendo o alcaide entrar —, a coisa será resolvida. Temos que fechar às sete.

O alcaide encaminhou-se diretamente para o fundo do salão, onde também estavam vazias as mesinhas de jogar. Abriu a porta do mictório, deu uma olhada no depósito, e voltou para o balcão. Ao passar junto à mesa de bilhar, levantou inesperadamente o pano que a cobria, dizendo:

— Bem, deixem de besteira.

Dois rapazes saíram de debaixo da mesa, sacudindo a poeira das calças. Um deles estava pálido. O outro, mais jovem, tinha as orelhas vermelhas e ardentes. O alcaide os empurrou suavemente para as mesinhas da entrada.

— Então já sabem — lhes disse. — Às seis da tarde, todos no quartel.

Dom Roque continuava atrás do balcão.

— Se isso continua — disse —, vou acabar me dedicando ao contrabando.

— É apenas por dois ou três dias — disse o alcaide.

O proprietário do cinema o alcançou na esquina.

— Era só o que me faltava — gritou. — Depois das doze badaladas do padre, um toque de corneta.

O alcaide deu-lhe uma palmadinha no ombro e disse:

— Vou expropriá-lo.

— Não pode — replicou o proprietário. — O cinema não é um serviço público.

— Sob o estado de sítio — disse o alcaide —, até o cinema pode ser declarado serviço público.

E somente então deixou de sorrir. Subiu de dois em dois os degraus da escada do quartel e, ao chegar ao primeiro andar, abriu os braços e voltou a rir.

— Merda! — exclamou. — Você também?

O empresário do circo estava sentado numa cadeira, com a negligência de um monarca oriental. Fumava, em êxtase, um cachimbo de lobo do mar. Como se estivesse em sua casa, fez um sinal ao alcaide para que se sentasse.

— Vamos falar de negócios, tenente.

O alcaide puxou uma cadeira e sentou-se diante dele. Segurando o cachimbo com a mão refulgente de anéis coloridos, o empresário fez um sinal enigmático.

— Posso falar com toda a franqueza?

O alcaide fez um sinal afirmativo.

— Eu já o sabia desde que o vi barbeando-se — disse o empresário. — Pois bem: eu, que estou acostumado a conhecer as pessoas, sei que este toque de recolher, para o senhor...

O alcaide o examinava, divertido.

— ... para mim, ao contrário, que já fiz todos os gastos de instalação e devo alimentar 17 pessoas e 9 feras, é simplesmente um desastre.

— E então?

— Proponho — respondeu o empresário — que transfira o toque de silêncio para as onze, e repartiremos os lucros do espetáculo noturno.

O alcaide continuou sorrindo, sem mudar de posição na cadeira.

— Suponho — disse — que não lhe custou muito trabalho encontrar no povoado quem lhe dissesse que sou um ladrão.

— É um negócio legítimo — protestou o empresário.

Não percebeu que o alcaide assumira uma expressão grave.

— Conversaremos segunda-feira — disse o tenente, de um modo impreciso.

— Segunda-feira já terei falido — replicou o empresário. — Somos muito pobres.

O alcaide levou-o até a escada, dando-lhe palmadinhas nas costas.

— Não precisa me dizer; conheço o negócio.

Já na escada, disse, num tom consolador:

— Peça a Cassandra que me procure esta noite.

O proprietário tentou voltar-se, mas a mão em suas costas exercia uma pressão decidida.

— Sem dúvida — disse.

— Mande-me ela — insistiu o alcaide — e amanhã falaremos.

*

O Sr. Benjamín empurrou com a ponta dos dedos a porta entelada, mas não entrou na casa. Exclamou, com um secreto desespero:

— As janelas, Nora.

Nora de Jacob — madura e grande —, com o cabelo cortado como o de um homem, jazia defronte ao ventilador elétrico, na sala em penumbra. Esperava o Sr. Benjamín para almoçar. Ao ouvi-lo chamar, levantou-se com grande esforço e abriu as quatro janelas que davam para a rua. Uma onda de calor penetrou na sala de azulejos nos quais se via desenhado, repetidamente, um mesmo pavão. Os móveis eram forrados de pano florido. Observava-se em cada detalhe um luxo pobre.

— Afinal o que existe de verdade — perguntou — no que o povo está dizendo?

— Dizem tantas coisas.

— Sobre a viúva Montiel — precisou Nora de Jacob. — Estão dizendo que ficou doida.

— Para mim está louca há muito tempo — disse o Sr. Benjamín. E acrescentou com um certo desencanto: — Esta manhã, tentou jogar-se pela janela.

A mesa, inteiramente visível da rua, tinha em cada extremo pratos e talheres.

— Castigo de Deus — disse Nora de Jacob, batendo palmas para que servissem o almoço. Levou o ventilador elétrico para a sala de jantar.

— A casa está cheia de gente desde o amanhecer — disse o Sr. Benjamín.

— Uma boa oportunidade para se ver como é por dentro — respondeu Nora de Jacob.

Uma menina negra, a cabeça cheia de laços coloridos, levou para a mesa a sopa fervente. O cheiro de galinha encheu a sala de jantar e a temperatura se tornou intolerável. O Sr. Benjamín ajustou o guardanapo no colarinho, dizendo "saúde". Tentou tomar a sopa, que estava pelando.

— Sopre, não seja teimoso — disse ela, impaciente. — E veja se tira esse paletó. A sua mania de só entrar aqui em casa com as janelas abertas ainda vai nos matar de calor. Que escrúpulos idiotas!

— Agora é mais indispensável do que nunca — disse ele. — Ninguém poderá dizer que não viu da rua todos os meus movimentos quando estou aqui em casa.

Ela mostrou seu esplêndido sorriso ortopédico, com gengivas cor do lacre com que se selam documentos.

— Não seja ridículo — exclamou. — Por mim, podem dizer o que quiserem.

Quando conseguiu tomar a sopa, continuou falando entre uma e outra colherada:

— Eu ficaria preocupada, isso sim, se falassem de Mónica — concluiu, referindo-se à filha de 15 anos que não havia vindo em férias desde que fora mandada para o colégio. — Mas de mim não podem dizer nada que todo mundo já não saiba.

O Sr. Benjamín não lhe dirigiu o seu habitual olhar de desaprovação. Tomavam a sopa em silêncio, separados pelos dois metros da mesa, a distância mais curta que ele permitia entre os dois, principalmente em público. Quando ela estava no colégio, vinte anos atrás, ele lhe escrevia longas e convencionais cartas, que ela respondia com bilhetinhos apaixonados. Numas férias, durante um passeio campestre, Nestor Jacob, completamente bêbado, arrastou-a pelo cabelo para um canto do curral e lhe disse sem alternativas: "Se você não se casar comigo, lhe dou um tiro." Casaram-se no final das férias e dez anos depois se separavam.

— De qualquer maneira, não convém estimular com portas fechadas a imaginação dessa gente.

Ficou em pé ao terminar o café.

— Já vou — disse. — Mina deve estar desesperada.
— E da porta, ao colocar o chapéu: — Esta casa está pegando fogo.

— É o que estou lhe dizendo — disse ela.

Esperou até que ele se despediu com uma espécie de bênção. Depois voltou a levar o ventilador para o quarto de dormir, fechou a porta e despiu-se por completo. Por último, como fazia diariamente depois do almoço, foi ao banheiro contíguo e sentou-se na latrina, sozinha com o seu segredo.

Quatro vezes por dia via Nestor Jacob passar defronte da casa. Todo mundo sabia que ele estava instalado com outra mulher, da que já tivera quatro filhos, e era considerado um pai exemplar. Várias vezes, nos últimos anos, havia passado com os meninos em frente à casa, mas nunca com a mulher. Ela o via emagrecer, tornar-se velho e pálido e converter-se aos poucos num estranho cuja intimidade de outro tempo era simplesmente inconcebível. Às vezes, durante as sestas solitárias, tinha voltado a desejá-lo de forma premente: não como o via passar, mas como era na época que precedeu o nascimento de Mónica, quando o seu amor, curto e convencional, ainda não se tornara intolerável.

O Juiz Arcadio dormiu até o meio-dia, de maneira que só teve notícia do pregão ao chegar ao escritório. Seu secretário, ao contrário, estava alarmado desde as oito, quando o alcaide lhe pediu que redigisse a proclamação.

— Na verdade — refletiu o Juiz Arcadio, depois de se inteirar dos pormenores —, está concebido em termos drásticos. Não era necessário.

— É o mesmo decreto de sempre.

— Certamente — admitiu o juiz. — Mas as coisas mudaram, e é preciso que os termos também mudem. O povo deve estar assustado.

Mas o fato, segundo o comprovou mais tarde, é que o temor não era o sentimento predominante no povoado. Havia mais como que uma sensação de vitória coletiva pela afirmação daquilo que estava na consciência de todos: as coisas não haviam mudado. O Juiz Arcadio não pôde evitar o alcaide quando deixava o salão de bilhar.

— De maneira que os pasquins eram desnecessários — lhe disse. — O pessoal está feliz.

O alcaide segurou-o pelo braço.

— Não se está fazendo nada contra ninguém — disse. — Trata-se de uma questão de rotina.

O Juiz Arcadio desesperava-se com aquelas conversas ambulantes. O alcaide caminhava com passo resoluto, como se andasse em diligências urgentes, e depois de muito caminhar reparava que não ia a lugar nenhum.

— Isso não vai durar a vida inteira — prosseguiu. — Até domingo já teremos metido no xadrez o engraçadinho que anda colando os pasquins. E tudo me diz que se trata de uma mulher.

O Juiz Arcadio não acreditava. Apesar da negligência e desinteresse com que assimilava as informações de seu secretário, chegara a uma conclusão: os panfletos não eram obra de uma só pessoa nem obedeciam a um plano estabelecido. E alguns, nos últimos dias, apresentavam uma nova modalidade: eram desenhos.

— Pode ser que não seja um homem nem uma mulher — concluiu o Juiz Arcadio. — Pode ser que sejam vários homens e várias mulheres, cada um atuando por conta própria.

— Não me complique as coisas, juiz — disse o alcaide. — O senhor deve saber que em todo delito, mesmo que nele intervenham várias pessoas, há sempre um culpado.

— Quem disse isso foi Aristóteles, tenente — replicou o Juiz Arcadio. E acrescentou, convicto: — De qualquer maneira, a medida me parece disparatada. Quem estiver pondo os pasquins simplesmente vai esperar que cesse o toque de silêncio para voltar a agir.

— Não importa — disse o alcaide. — O que importa é preservar o princípio da autoridade.

Os recrutas haviam começado a concentrar-se no quartel. O pequeno pátio de altos muros de concreto, riscados de sangue seco e pipocados de buracos feitos por projéteis, lembrava os tempos em que a capacidade das celas não era suficiente para abrigar todos os presos e muitos eram deixados do lado de fora, ao sabor das intempéries. Naquela tarde, os soldados desarmados vagavam em cuecas pelos corredores.

— Rovira — gritou o alcaide da porta. — Dê alguma coisa de beber a estes rapazes.

O soldado começou a vestir-se.

— Rum?

— Não seja estúpido — gritou o alcaide, que se dirigia para seu escritório blindado. — Alguma coisa gelada.

Os recrutas fumavam sentados em redor do pátio. O Juiz Arcadio observou-os da varanda do segundo andar.

— São voluntários?

— Pois sim! — disse o alcaide. — Tive que tirá-los de debaixo da cama.

O juiz não encontrou uma só cara desconhecida.

— Pois parecem recrutados pela oposição — disse.

As pesadas portas de aço do escritório exalaram, ao se abrirem, um sopro gelado.

— Quer dizer que são bons para a luta. — sorriu o alcaide, depois de acender as luzes da sua fortaleza privada.

Num canto, havia uma cama de campanha; sobre uma cadeira, uma jarra de cristal com um copo, e uma pequena bacia sob a cama. Recostados contra as nuas paredes de concreto, viam-se fuzis e metralhadoras de mão. A peça não tinha outra ventilação senão a que vinha das estreitas e altas claraboias, de onde se dominavam o porto e as ruas principais. No outro extremo da sala, estavam a secretária e o cofre.

O alcaide manejou a combinação.

— E isso não é nada — disse. — O melhor é que vou entregar fuzis a todos.

Entrou um soldado. O alcaide lhe deu várias cédulas, dizendo:

— Traga também dois maços de cigarros para cada um.

Quando ficaram novamente sozinhos, o alcaide voltou a dirigir-se ao Juiz Arcadio:

— Que lhe parece a coisa?

O juiz respondeu, pensativo:

— Um risco inútil.

— O pessoal vai ficar de boca aberta — disse o alcaide. — De qualquer maneira, não acredito que esses pobres rapazes saibam o que fazer com os fuzis.

— Talvez estejam perturbados — admitiu o juiz. — Mas isso dura pouco.

Fez um esforço para reprimir a sensação de vazio no estômago.

— Tenha cuidado, tenente — disse. — Não vá botar tudo a perder.

O alcaide fê-lo sair do escritório com um gesto enigmático.

— Não seja bobo, juiz — sussurrou-lhe ao ouvido —, os fuzis só têm cartuchos de festim.

Quando desceram para o pátio, as luzes estavam acesas. Os recrutas bebiam gasosa sob as sujas lâmpadas elétricas, em redor das quais voavam os besouros. Passeando de um extremo ao outro do pátio, onde haviam ficado algumas poças de água da chuva, o alcaide lhes explicou em que consistia a sua missão daquela noite: seriam colocados aos pares nas principais esquinas com ordem de atirar contra qualquer pessoa, homem ou mulher, que desobedecesse às três ordens de alto. Recomendou-lhes coragem e prudência. Depois da meia-noite lhes seriam levadas refeições. O alcaide esperava, com a graça de Deus, que tudo transcorresse sem contratempos, e que o povoado soubesse apreciar aquele esforço das autoridades em favor da paz social.

Padre Ángel levantava-se da mesa quando, na torre, começaram a soar as oito. Apagou a luz do pátio, passou o ferrolho e fez o sinal da cruz sobre o breviário:

— Em nome de Deus.

Em qualquer pátio, distante, cantou um nambu.

Dormitando no corredor, por onde corria uma brisa fresca, junto às gaiolas tapadas com trapos escuros, a viúva Asís ouviu o segundo toque, e sem abrir os olhos perguntou:

— Roberto já chegou?

Uma empregada acocorada junto à porta respondeu que ele estava deitado desde as sete. Um pouco antes, Nora de Jacob baixara o volume do rádio e extasiava-se com uma música suave que parecia chegar de um lugar confortável e limpo. Uma voz demasiado distante para ser real gritou um nome no horizonte, e os cães começaram a ladrar.

O dentista não havia ainda acabado de escutar as notícias. Lembrando-se de que Ángela decifrava palavras cruzadas sob a lâmpada do pátio, ordenou-lhe sem a olhar:

— Feche a porta e vá terminar isso no quarto.

Sua mulher despertou, sobressaltada.

Roberto Asís, que realmente tinha se deitado às sete, levantou-se para olhar a praça pela janela entreaberta, mas só viu as amendoeiras escuras e a última luz que se apagava na varanda da viúva Montiel. Sua mulher acendeu a lâmpada de cabeceira e, num sussurro afogado, obrigou-o a deitar-se novamente. Um cão solitário continuou ladrando até que tocou a quinta badalada.

Na calorenta peça entulhada de latas vazias e frascos empoeirados, Dom Lalo Moscote roncava com o jornal estendido sobre o abdômen e os óculos na testa. Sua esposa paralítica, impressionada pela recordação de outras noites como aquela, espantava mosquitos com um pedaço de pano, enquanto contava mentalmente as horas. Depois dos gritos distantes, do ladrar dos cachorros e das correrias sigilosas, começava o silêncio.

— Não se esqueça da coramina — recomendava o Dr. Giraldo a sua mulher, que colocava drogas de emergência na maleta, antes de se deitar. Ambos pensavam na viúva Montiel, rígida como um morto sob a última carga do luminal. Somente Dom Sabas, depois de uma longa conversa com o Sr. Carmichael, havia perdido a noção do tempo. Ainda estava no escritório quando soou o sétimo toque, e sua mulher saiu do quarto de dormir com os cabelos emaranhados. O rio adormeceu.

— Numa noite como esta — murmurou alguém na escuridão, no instante em que se ouviu a oitava badalada, profunda, irrevogável, e alguma coisa que quinze segundos antes havia começado a crepitar extinguiu-se por completo.

O Dr. Giraldo fechou o livro até que deixou de vibrar o clarim do toque de silêncio. Sua esposa pôs a maleta na mesa de cabeceira, deitou-se com o rosto voltado para a parede e apagou a sua lâmpada. O médico abriu o livro, mas não leu. Ambos respiravam pausadamente, sozinhos num povoado que o desmesurado silêncio havia reduzido às dimensões da alcova.

— Em que está pensando?
— Em nada — respondeu o médico.

Até às onze, não conseguiu mais concentrar-se; depois, retornou à mesma página em que se encontrava quando começaram a tocar as oito horas. Dobrou o canto da página e colocou o livro na mesinha. Sua mulher dormia. Noutra época, ambos costumavam velar até o amanhecer, procurando localizar o local e as circunstâncias dos disparos. Várias vezes o barulho das botas e das armas havia chegado à porta de sua casa e ambos esperaram sentados na cama a chuva de chumbo que haveria de pôr abaixo a porta da frente. Muitas noites, quando já haviam aprendido a distinguir os infinitos matizes do terror, velaram com a cabeça apoiada numa almofada cheia de panfletos clandestinos, que seriam distribuídos no dia seguinte. Certa madrugada, ouviram diante da porta do consultório os mesmos ciciantes preparativos que precedem uma serenata e, em seguida, a voz cansada do alcaide: "Aí não. Esse não se mete em nada." O Dr. Giraldo apagou a lâmpada e procurou dormir.

O chuvisco começou depois da meia-noite. O barbeiro e outro recruta, na esquina do porto, deixaram o lugar e se protegeram sob o toldo da loja do Sr. Benjamín. O barbeiro acendeu um cigarro e examinou o fuzil, com a ajuda da luz de um fósforo. Era uma arma nova.

— É *made in USA* — disse.

Seu companheiro acendeu vários fósforos à procura da marca da sua carabina, mas não pôde encontrá-la. Uma goteira do toldo caiu na culatra da arma e produziu um impacto rouco.

— Que coisa esquisita — murmurou, enxugando a culatra com a manga. — Nós aqui, cada um com seu fuzil, molhando-nos.

No povoado soturno não se ouviam outros ruídos além da água caindo no toldo.

— Somos nove — disse o barbeiro. — Eles são sete, contando o alcaide, mas três estão presos no quartel.

— Segundos atrás eu pensava exatamente nisso — disse o outro.

A lanterna de pilhas do alcaide os fez brutalmente visíveis, acocorados contra a parede, tratando de proteger as armas das gotas que estalavam como perdigotos em seus sapatos. Reconheceram-no quando apagou a lanterna e veio para debaixo do toldo. Trazia um impermeável de campanha e uma metralhadora de mão. Um soldado o acompanhava. Depois de olhar o relógio, que usava no braço direito, ordenou ao soldado:

— Vá ao quartel e veja o que há com as provisões.

Teria dado uma ordem de guerra com a mesma energia. O soldado desapareceu sob a chuva. Então o alcaide sentou-se no chão, ao lado dos recrutas.

— Alguma novidade? — perguntou.

— Nada — respondeu o barbeiro.

O outro ofereceu um cigarro ao alcaide antes de acender o seu. O alcaide recusou.

— Até quando vamos ficar nessa vigília, tenente?

— Não sei — disse o alcaide. — Por enquanto, até que cesse o prazo do toque de silêncio. Amanhã veremos o que se pode fazer.

— Quer dizer, até às cinco! — exclamou o barbeiro.

— E eu — disse o outro — que estou de sentinela desde as quatro da manhã.

Um tropel de cães lhes chegou através do murmúrio da chuva miúda. O alcaide esperou até que terminasse o alvoroço, e dele só restou um latido solitário. Voltou-se para o recruta, com um ar deprimido.

— E você diz isso a mim, que já gastei meia vida nessa porcaria — disse. — Estou morrendo de sono.

— E para nada — disse o barbeiro. — Isso não tem pé nem cabeça. Parece coisa de mulher.

— Começo a acreditar na mesma coisa — suspirou o alcaide.

O soldado voltou informando que lá no quartel estavam esperando que a chuva parasse para distribuir a comida. E acrescentou: uma mulher, surpreendida sem salvo-conduto, esperava pelo alcaide no quartel.

Era Cassandra. Dormia na espreguiçadeira, vestida numa capa de oleado, na pequena sala iluminada pela lúgubre lâmpada do balcão. O alcaide apertou seu nariz com o indicador e o polegar. Ela emitiu um queixume, sacudiu-se num princípio de desespero e abriu os olhos.

— Estava sonhando — disse.

O alcaide acendeu a luz da sala. Protegendo os olhos com as mãos, a mulher espreguiçou-se, gemendo, e ele perturbou-se um momento com as suas unhas cor de prata e sua axila raspada.

— Você é um fresco — disse. — Estou aqui desde as onze.

— Esperava encontrá-la no quarto — desculpou-se o alcaide.

— Não tinha salvo-conduto.

Seus cabelos, que noites antes eram cor de cobre, agora estavam prateados.

— Esqueci-me — sorriu o alcaide, e depois de pendurar o impermeável ocupou uma cadeira junto a ela. — Espero que não tenham acreditado que é você que está colando os pasquins.

A mulher havia recobrado suas maneiras fáceis.

— Quem me dera — replicou. — Adoro as emoções fortes.

Súbito, o alcaide pareceu extraviado na sala. Com um ar indefeso, estalando os dedos, murmurou:

— Queria que você me fizesse um favor.

Ela o observou.

— Aqui entre nós dois — prosseguiu o alcaide —, queria que você botasse as cartas para saber quem é o responsável pelos papeluchos.

Ela voltou o rosto para o outro lado.

— Entendo — disse, depois de um breve silêncio.

O alcaide disse:

— Peço isso mais por vocês.

Ela confirmou com a cabeça.

— Já o fiz — disse.

O alcaide não conseguia dissimular sua ansiedade.

— Uma coisa esquisita — continuou Cassandra, com um calculado tom de melodrama. — Os sinais eram tão evidentes que me deram medo quando os vi na mesa.

Até sua respiração se tornara opressa.

— Quem é?

— É todo o povoado e não é ninguém.

Os FILHOS DA viúva Asís foram à missa, no domingo. Eram sete, além de Roberto Asís. Todos fundidos no mesmo molde: corpulentos e rudes, com algo de mulas na sua disposição para o trabalho forte, e dóceis à mãe com uma cega obediência. Roberto Asís, o mais moço e o único que se havia casado, só tinha em comum com os irmãos um nó no osso do nariz. Com a sua saúde precária e suas maneiras convencionais, era como um prêmio de consolação pela filha que a viúva Asís cansou de esperar.

No pátio dos fundos, onde os sete Asís haviam descarregado os animais, a viúva passeava por entre fileiras de galinhas amarradas, legumes e queijos e panelas escuras e mantas de carne salgada, dando ordens às empregadas. Uma vez postas as coisas na cozinha, ordenou que selecionassem o melhor de cada coisa para Padre Ángel.

O pároco estava barbeando-se. De vez em quando estendia a mão para o pátio, para umedecer o queixo com a água da chuva. Já estava terminando, quando duas meninas descalças empurraram a porta sem bater e colocaram diante dele várias pinhas maduras, panelas, queijos e uma canastra de legumes e ovos frescos.

O Padre Ángel via tudo pelo canto dos olhos.

— Isso parece — disse — o sonho do tio Coelho.

A menor das meninas, com os olhos muito abertos, apontou para ele com o indicador:

— Veja, os padres também fazem a barba!

A outra puxou-a para a porta.

— Que é que vocês pensavam? — sorriu o pároco. — Nós também somos humanos.

Depois contemplou as provisões dispersas no chão e concluiu que somente a casa de Asís era capaz de tanta prodigalidade.

— Digam aos rapazes — quase gritou — que Deus lhes devolverá tudo em saúde.

Padre Ángel, que em quarenta anos de sacerdócio ainda não conseguira dominar a inquietação que precede os atos solenes, guardou o barbeador sem acabar de barbear-se. Depois recolheu as provisões, amontoou-as num canto da cozinha e entrou na sacristia, limpando as mãos na batina.

A igreja estava repleta. Nas cadeiras de espaldar próximas do púlpito, doadas por eles, e com seus respectivos nomes gravados em plaquetas de cobre, estavam os Asís, com a mãe e a cunhada. Quando chegaram ao templo, pela primeira vez em vários meses, parecia que entravam a cavalo. Cristóbal Asís, o mais velho, que havia chegado meia hora antes e não tivera tempo de se barbear, ainda trazia as botas de montar com as esporas. Vendo aquele gigante montanhês, parecia verdadeira a versão pública e jamais confirmada de que César Montero era filho secreto do velho Adalberto Asís.

Na sacristia, Padre Ángel teve uma contrariedade: os ornamentos litúrgicos não estavam em seu lugar. O acólito o encontrou aturdido, revolvendo gavetas enquanto mantinha uma obscura disputa consigo mesmo.

— Chame Trinidad — ordenou o padre — e pergunte onde ela pôs a estola.

Esquecia que Trinidad estava doente desde sábado. O acólito estava seguro de que ela levara algumas coisas para consertar. Padre Ángel vestiu então os ornamentos reservados aos ofícios fúnebres. Não conseguiu concentrar-se. Ao subir ao púlpito, impaciente e com a respiração alterada, compreendeu que os argumentos amadurecidos nos dias anteriores não teriam agora tanta força de convicção como lhe pareceram ter na solidão do seu quarto.

Falou durante dez minutos. Tropeçando nas palavras, surpreendido por um tropel de ideias que não cabia nos moldes previstos, percebeu a viúva Asís rodeada de seus filhos. Foi como se os tivesse reconhecido vários séculos mais tarde numa desbotada fotografia familiar. Apenas Rebeca de Asís, apascentando o esplêndido busto com o leque de sândalo, lhe pareceu humana e atual. Padre Ángel terminou o sermão sem se referir diretamente aos pasquins.

A viúva Asís permaneceu rígida por alguns minutos, tirando e colocando a aliança de casamento com uma secreta exasperação, enquanto prosseguia a missa. Depois fez o sinal da cruz, levantou-se e deixou a igreja pela nave central, tumultuosamente seguida pelos filhos.

Numa manhã como aquela, o Dr. Giraldo havia compreendido o mecanismo interior do suicídio. Chuviscava sem ruídos, na casa vizinha assobiava o corrupião e sua mulher falava enquanto escovava os dentes.

— Os domingos são dias estranhos — disse ela, pondo a mesa para o café. — É como se fossem esquartejados e dependurados: cheiram a animal cru.

O médico começou a fazer a barba. Tinha os olhos úmidos e as pálpebras inchadas.

— Você tem dormido mal — lhe disse a esposa. E acrescentou, com uma suave amargura: — Um domingo desses você amanhecerá velho. — Tinha vestido um roupão gasto e trazia a cabeça cheia de frisadores.

— Faça-me um favor — disse ele. — Cale-se.

Ela foi para a cozinha, pôs a chaleira de café no fogão e esperou que fervesse, atenta primeiro ao assovio do corrupião e, depois, ao ruído da ducha. Então voltou ao quarto para que seu marido encontrasse a roupa pronta ao sair do banho. Ao levar o desjejum à mesa, viu-o pronto para sair, e lhe pareceu um pouco mais jovem com as calças caqui e a camisa esportiva.

Comeram em silêncio, ele examinando-a insistentemente com uma afetuosa atenção. Ela tomava o café com a cabeça baixa, um pouco trêmula de ressentimento.

— É o fígado — desculpou-se ele.

— Nada justifica a rudeza — respondeu ela, sem levantar a cabeça.

— Devo estar intoxicado — disse ele. — Meu fígado piora sempre que chove.

— Você diz sempre isso, mas nunca faz nada. Se não abrir os olhos — acrescentou —, vai acabar mal.

Ele concordou.

— Em dezembro — disse —, ficaremos quinze dias no mar.

Olhou a chuva através dos buracos da grade de madeira que separava a sala de jantar do pátio, entristecido pela persistência do outubro, e acrescentou:

— Então, pelo menos por quatro meses, não haverá domingos como este.

Ela empilhou os pratos antes de levá-los para a cozinha. Quando voltou à sala, encontrou-o com o chapéu de palha, preparando a sua maleta de médico.

— Então a viúva Asís voltou à igreja — comentou ele.

Sua esposa lhe havia contado o fato antes de começar a escovar os dentes, mas então ele não lhe dera atenção.

— É a terceira vez este ano — confirmou ela. — Pelo visto, não encontrou coisa melhor para se divertir.

O médico mostrou o seu vigoroso sistema dentário.

— Os ricos estão malucos.

Algumas mulheres, de volta da igreja, tinham ido visitar a viúva Montiel. O médico saudou o grupo que permanecia na sala. Um murmurar de risos o perseguiu até o patamar. Antes de bater à porta, percebeu que havia outras mulheres no quarto. Alguém lhe disse que entrasse.

A viúva Montiel estava sentada, os cabelos soltos, segurando com as mãos o lençol contra o peito. Tinha no regaço um espelho e um pente de chifre.

— De maneira que também a senhora resolveu ir à festa — lhe disse o médico.

— Está festejando seus quinze anos — disse uma das mulheres.

— Dezoito — corrigiu a viúva Montiel, com um sorriso triste. Novamente estirada na cama, cobriu-se até o pescoço. — Para começo de conversa — acrescentou de bom humor —, é preciso ficar claro que nenhum homem foi convidado. Nem mesmo o senhor, doutor: é de mau agouro.

O médico pôs o chapéu molhado sobre a cômoda.

— Faz muito bem — disse, observando a doente com uma pensativa complacência. — Aliás, percebo que não tenho nada que fazer aqui. — Mas logo depois, dirigindo-se ao grupo, pediu: — Dão licença?

Quando ficou sozinho com a viúva Montiel, esta reassumiu uma amarga expressão de enferma. O médico, porém, fingiu não notar. Continuou falando no mesmo tom alegre enquanto colocava na mesinha de cabeceira as coisas que ia tirando da valise.

— Por favor, doutor — suplicou a viúva —, nada de injeções. Estou feito um coador.

— As injeções — sorriu o médico — são as melhores coisas que inventaram para alimentar os médicos.

Ela também sorriu.

— Creia-me — disse, apalpando as nádegas por cima do lençol —, estou toda dolorida. Não posso nem mesmo me tocar.

— Então não se toque — disse o médico.

Então ela riu com vontade.

— Veja se fala sério, doutor, mesmo sendo domingo.

O médico lhe desnudou o braço para tomar a pressão arterial.

— O médico me proibiu — disse ele. — É mau para o fígado.

Enquanto ele lhe verificava a pressão, a viúva ficou a olhar o quadrante do instrumento com uma curiosidade infantil.

— É o relógio mais esquisito que já vi em minha vida — disse.

O médico continuou concentrado nos números do instrumento até quando acabou de comprimir a pera de borracha.

— É o único que marca com exatidão a hora de a gente se levantar — disse.

Ao terminar, enquanto enrolava os tubos do instrumento, observou minuciosamente o rosto da enferma. Colocou sobre a mesinha um vidro com comprimidos brancos, dizendo-lhe que tomasse um de doze em doze horas.

— Se não quer mais injeções — disse —, não haverá mais injeções. A senhora está melhor do que eu.

A viúva fez um gesto de impaciência.

— Nunca tive nada — disse.

— Acredito — replicou o médico. — Mas eu tinha de inventar alguma coisa para justificar a conta.

Sem levar em conta a tirada, a viúva perguntou:

— Tenho que continuar na cama?

— Pelo contrário — disse o médico. — Proíbo terminantemente. Desça para a sala e atenda as suas visitas, como é de seu dever. Além disso — acrescentou com voz maliciosa —, há muitas coisas de que falar.

— Por Deus, doutor — exclamou ela —, não seja tão irreverente. Aposto que é o senhor quem está colocando os panfletos.

O Dr. Giraldo divertiu-se com o que lhe disse a viúva. Ao sair, deu uma olhada furtiva no baú de couro com pregos de cobre, já arrumado para a viagem e colocado num canto do quarto.

— E não deixe de me trazer uma lembrança — gritou da porta — quando voltar de sua viagem em redor do mundo.

A viúva havia recomeçado o paciente trabalho de desmaranhar o cabelo.

— Sem dúvida, doutor.

Não desceu para a sala. Continuou na cama até que a última visita foi embora. Então, vestiu-se. O Sr. Carmichael a encontrou comendo diante da janela entreaberta.

Ela respondeu ao seu cumprimento sem tirar a vista do balcão.

— No fundo — disse —, gosto dessa mulher: é valente.

Também o Sr. Carmichael olhou para a casa da viúva Asís, cujas portas e janelas continuavam fechadas.

— É da sua natureza — disse. — Com entranhas como as suas, feitas somente para gerar varões, não se pode ser de outra maneira. — Dirigindo sua atenção para a viúva Montiel, acrescentou: — E a senhora também está como uma rosa.

Ela pareceu confirmá-lo com a frescura do seu sorriso.

— Sabe de uma coisa? — perguntou. E ante a indecisão do Sr. Carmichael, antecipou a resposta: — O Dr. Giraldo está convencido de que estou louca.

— Não me diga!

A viúva confirmou com a cabeça.

— Não seria surpresa para mim — continuou — se eu vier a saber que ele já falou com o senhor para me mandar para o manicômio.

O Sr. Carmichael não soube como sair da sua confusão.

— Não saí de casa toda a manhã — disse. Deixou-se cair na fofa cadeira de couro colocada junto à cama. A viúva Montiel lembrou-se de José Montiel naquela mesma poltrona, fulminado pela congestão cerebral, quinze minutos antes de morrer.

— Nesse caso — disse, livrando-se da má recordação — é possível que trate do assunto com o senhor esta tarde. — E mudando de tom, com um sorriso lúcido: — Falou com o meu compadre Sabas?

O Sr. Carmichael disse que sim com a cabeça.

Na verdade, na sexta-feira e no sábado havia fincado sondas no abismo de Dom Sabas, procurando averiguar qual seria sua reação se fosse posta à venda a herança de José Montiel. Dom Sabas — supunha o Sr. Carmichael — parecia disposto a comprar. A viúva o escutou sem dar mostras de impaciência. Se não fosse na quarta-feira próxima, seria na semana seguinte, admitiu, com uma tranquila firmeza. De qualquer maneira, estava disposta a abandonar o povoado antes que outubro chegasse ao fim.

O alcaide sacou do revólver com um instantâneo movimento da mão esquerda. Até o último músculo do seu corpo, estava pronto para disparar quando despertou de vez e reconheceu o Juiz Arcadio.

— Merda!

O Juiz Arcadio ficou petrificado.

— Não repita essa brincadeira — disse o alcaide, guardando o revólver. — Meus ouvidos funcionam melhor quando estou dormindo.

— A porta estava aberta — disse o Juiz Arcadio.

O alcaide havia esquecido de fechá-la, ao amanhecer. Estava tão cansado que se deixou cair na cadeira e imediatamente pegou no sono.

— Que horas são?

— Quase doze — disse o Juiz Arcadio.

Ainda restava uma corda trêmula em sua voz.

— Estou morto de sono — disse o alcaide.

Espreguiçando-se num longo bocejo, teve a impressão de que o tempo havia parado. Apesar de sua diligência, das noites em claro, os pasquins continuavam a ser colados. Naquela madrugada mesmo havia encontrado um deles pregado na porta do seu quarto: "Não gaste pólvora com urubus, tenente." Dizia-se, na rua, que eram os próprios integrantes das rondas que colocavam os pasquins para distrair o tédio da vigília. O povoado — pensava o alcaide — estava morrendo de rir.

— Sacuda-se — disse o Juiz Arcadio — e vamos comer qualquer coisa.

Mas ele não tinha fome. Queria dormir mais uma hora e tomar um banho antes de sair. O Juiz Arcadio, ao contrário, louçã e limpo, voltava para casa, para almoçar. Ao passar diante do quarto de dormir, e como a porta estivesse aberta, havia entrado para pedir ao alcaide um salvo-conduto para transitar depois do toque de silêncio.

O tenente simplesmente lhe disse:

— Não. — Depois, num tom paternal, justificou-se: — É mais conveniente para o senhor ficar tranquilo em sua casa.

O Juiz Arcadio acendeu um cigarro. Ficou olhando a chama do fósforo, à espera de que lhe passasse o rancor, mas não encontrou nada que dizer.

— Não me leve a mal — disse o alcaide. — Pode estar certo de que eu gostaria de trocar meu lugar pelo seu: deitar-me às oito da noite e levantar-me quando tivesse vontade.

— Acredito — disse o juiz. E acrescentou, com acentuada ironia: — Era só o que me faltava: um papaizinho novo aos trinta e cinco anos.

Dera-lhe as costas e parecia contemplar do balcão o céu carregado de chuva. O alcaide permaneceu num silêncio duro. Depois, de um modo cortante, disse:

— Juiz. — O Juiz Arcadio voltou-se para ele e ambos se olharam nos olhos. — Não vou lhe dar o salvo-conduto. Compreende?

O juiz mordeu o cigarro e começou a dizer algo, mas reprimiu o impulso. O alcaide viu-o descer lentamente a escada. Súbito, gritou:

— Juiz!

Não teve resposta.

— Continuamos amigos — gritou o alcaide.

Também dessa vez não teve resposta.

Continuou inclinado, à espera da reação do Juiz Arcadio, até quando a porta se fechou e ele ficou sozinho com suas lembranças. Não fez qualquer esforço para dormir. Estava acordado em pleno dia, encalhado num povoado que continuaria impenetrável e distante muitos anos depois que ele tomasse outro destino. Na madrugada em que desembarcou furtivamente com a velha mala amarrada com cordas e a ordem de submeter a vila a qualquer preço, foi ele, então, quem conheceu o terror. Sua única ajuda era uma carta para um obscuro partidário do governo, que iria encontrar no dia seguinte, de cuecas, na porta de uma usina de arroz. Com suas informações e a implacável crueldade dos três assassinos assalariados que o acompanhavam, a tarefa havia sido cumprida. Naquela tarde, no entanto, inconsciente da invisível teia que o tempo havia tecido em seu redor, lhe teria bastado uma instantânea explosão de clarividência para se perguntar quem estava submetido a quem.

Sonhou de olhos abertos diante da janela açoitada pela chuva, e assim ficou até depois das quatro. Em seguida tomou banho, vestiu o uniforme de campanha e foi para o hotel fazer um lanche. Mais tarde, fez uma inspeção rotineira no quartel, e, depois, viu-se parado numa esquina, com as mãos nos bolsos, sem saber o que fazer.

O proprietário do salão de bilhar viu-o entrar, já no entardecer, ainda com as mãos nos bolsos. Saudou-o do fundo do estabelecimento vazio, mas o alcaide não lhe respondeu.

— Uma garrafa de água mineral — disse.

As garrafas fizeram um estrondo ao serem revolvidas na geladeira.

— Um dia destes — disse o proprietário —, terão de operá-lo e encontrarão seu fígado cheio de borbulhas.

O alcaide olhou o copo. Tomou um gole, arrotou, e ficou com os cotovelos apoiados no balcão e os olhos fixos no copo; depois voltou a arrotar. A praça estava deserta.

— Bem — disse o alcaide. — Que é que há?
— É domingo — disse o proprietário.
— Ah!

Jogou uma moeda no balcão e saiu sem despedir-se. Na esquina da praça, alguém que caminhava como se arrastasse uma longa cauda disse-lhe algo que ele não compreendeu. Mas depois raciocinou. De um modo confuso, compreendeu que algo estava acontecendo e, por isso, dirigiu-se para o quartel. Subiu a escada aos pulos, sem prestar atenção aos grupos que se formavam na porta. Um soldado veio ao seu encontro. Entregou-lhe uma folha de papel e ao alcaide bastou um golpe de vista para compreender do que se tratava.

— Estava distribuindo na rinha de galo — disse o soldado.

O alcaide precipitou-se pelo corredor. Abriu a primeira cela e ficou com a mão na aldraba, escutando na penumbra, até que pôde ver: era um rapazinho de vinte anos, de rosto afilado e citrino, marcado pela varíola. Tinha na cabeça um gorro de jogador de beisebol e óculos escuros.

— Como é o seu nome?
— Pepe.
— Pepe de quê?
— Pepe Amador.

O alcaide olhou-o por alguns instantes e fez um esforço para se lembrar. O rapaz estava sentado no estrado de cimento que servia de cama aos presos. Parecia tranquilo. Tirou os óculos, limpou-os com a fralda da camisa e olhou o alcaide com as pálpebras franzidas.

— Onde já nos vimos? — perguntou o alcaide.
— Por aí — disse Pepe Amador.

O alcaide não chegou a entrar na cela. Continuou olhando o preso, pensativo, e depois começou a fechar a porta.

— Bem, Pepe — disse —, creio que você está fodido.

Passou o ferrolho, meteu a chave no bolso e foi para a sala ler e reler várias vezes o jornal clandestino.

Sentou-se defronte ao balcão aberto, matando pernilongos com palmadas, enquanto se acendiam as luzes nas ruas desertas. Ele conhecia aquela paz crepuscular. Noutra época, num anoitecer como esse, havia experimentado em sua plenitude a emoção do poder.

— De maneira que voltaram — disse, em voz baixa.

Haviam voltado. Como antes, estavam mimeografados de ambos os lados, e poderiam ser reconhecidos em qualquer parte e em qualquer tempo pela indefinível marca de angústia que a clandestinidade imprime.

Pensou muito tempo, envolto nas trevas, dobrando e desdobrando a folha de papel, antes de tomar uma decisão. Finalmente, guardou o papel no bolso e identificou pelo tato as chaves da cela.

— Rovira — chamou.

Seu agente de confiança surgiu da escuridão. O alcaide lhe deu as chaves.

— Cuide desse rapaz — disse. — Trate de convencê-lo a dar os nomes daqueles que estão trazendo para o povoado a propaganda clandestina. Se não o conseguir por bem — acentuou —, trate de arrancar-lhe a confissão de qualquer maneira.

O policial lembrou-lhe que tinha um turno a cumprir naquela noite.

— Esqueça — disse o alcaide. — Não se ocupe de mais nada até nova ordem. E outra coisa — acrescentou, como obedecendo a uma inspiração. — Mande embora os homens que estão no pátio. Esta noite não haverá rondas.

Chamou ao escritório blindado os três soldados que, por ordem sua, permaneciam inativos no quartel. Fê-los vestir os uniformes que guardava trancados no armário. Enquanto se vestiam, tirou da mesa os cartuchos de festim que nas noites anteriores havia distribuído entre os homens das rondas, e foi buscar no cofre um punhado de projéteis.

— Esta noite vocês é que irão fazer as rondas — disse-lhes passando em revista os fuzis para lhes entregar os melhores. — Não têm que fazer nada, senão deixar que a gente perceba que são vocês que estão na rua.

Quando todos já estavam com as armas, lhes entregou a munição. Postou-se diante deles.

— Mas ouçam bem uma coisa — advertiu. — O primeiro que cometer um disparate será fuzilado lá no pátio. — Esperou uma reação que não veio. — Entendido?

Os três homens — dois índios, de aspecto comum, e um ruivo, com tendência ao gigantismo e de olhos de um azul transparente — haviam escutado as últimas palavras enquanto colocavam os projéteis nas cartucheiras. Ficaram em posição de sentido.

— Entendido, meu tenente.

— E outra coisa — disse o alcaide, mudando para um tom informal. — Os Asís estão no povoado, e não será surpresa se vocês encontrarem um deles esta noite, bêbado, com vontade de brigar. Evitem-nos, não se metam com eles. — Também dessa vez não se produziu a reação esperada. — Entendido?

— Entendido, meu tenente.

— Então já sabem — concluiu o alcaide. — Fiquem com os cinco sentidos alertas.

Ao fechar a igreja depois do rosário, que havia antecipado de uma hora devido ao toque de silêncio, Padre Ángel sentiu um forte cheiro de podridão. Foi uma lufada momentânea. Mais tarde, fritando talhadas de banana verde e aquecendo o leite para o jantar, descobriu a causa do mau cheiro: os ratos mortos. Então voltou à igreja, abriu e limpou as ratoeiras e depois foi procurar Mina, a duas quadras da igreja.

Foi o próprio Toto Visbal quem lhe abriu a porta. Na salinha escura, onde havia vários tamboretes de couro, arrumados desordenadamente, e litografias pregadas nas paredes, a mãe de Mina e a avó cega tomavam xícaras de uma bebida aromática e ardente. Mina fazia flores artificiais.

— Há quinze anos — disse a cega — que o senhor não vinha a esta casa, padre.

Era verdade. Todas as tardes passava diante da janela onde Mina se sentava para fazer suas flores de papel, mas nunca entrava.

— O tempo flui sem fazer barulho — disse. E logo, dando a entender que estava com pressa, dirigiu-se a Toto Visbal: — Vinha pedir-lhe que deixasse Mina ir à igreja, todas as manhãs, cuidar das ratoeiras. Trinidad — explicou a Mina — está doente desde sábado.

Toto Visbal deu seu consentimento.

— É vontade de perder tempo — interveio a cega. — De qualquer maneira, o mundo acabará ainda este ano.

A mãe de Mina pôs uma das mãos em seu joelho em sinal de que se calasse. A cega empurrou a mão.

— Deus castiga a superstição — disse o pároco.

— Está escrito — disse a cega. — O sangue correrá pelas ruas e não haverá ser humano capaz de detê-lo.

O padre dirigiu-lhe um olhar de comiseração. Era muito velha, de uma extrema palidez, e seus olhos mortos pareciam penetrar no segredo das coisas.

— Vamos todos tomar banho de sangue — brincou Mina.

Então Padre Ángel voltou-se para ela. Viu-a surgir, com seu cabelo de um negro intenso e a mesma palidez da cega, de uma confusa nuvem de fitas e papéis coloridos. Parecia um quadro alegórico de uma festa escolar.

— E você — disse-lhe — trabalhando no domingo.

— Eu já disse a ela — interveio a cega. — É pecado. Cinza ardente choverá sobre sua cabeça.

— A necessidade tem cara de cachorro — sorriu Mina.

Como o padre permanecesse de pé, Toto Visbal puxou um tamborete e voltou a convidá-lo a se sentar. Era um homem frágil, de gestos sobressaltados pela timidez.

— Obrigado — recusou o padre. — Tenho que ir, para não ser surpreendido na rua pelo toque de recolher. — Prestou atenção ao profundo silêncio do povoado e comentou: — Parece que já passa das oito.

Então é que soube: depois de quase dois anos de celas vazias, Pepe Amador estava no cárcere, e o povoado à mercê de três criminosos. As pessoas haviam se recolhido desde as seis.

— É estranho. — Padre Ángel parecia falar consigo mesmo. — Tudo isso é um desatino.

— Teria que acontecer mais tarde ou mais cedo — disse Toto Visbal. — O país inteiro está enredado numa teia de aranha.

Acompanhou o padre até a porta.

— O senhor não soube dos jornais clandestinos?

Padre Ángel deteve-se, perplexo.

— Outra vez?

— Em agosto — interrompeu a cega — começarão os três dias de trevas.

Mina estirou o braço para entregar à velha uma flor apenas começada.

— Cale-se — lhe disse — e termine isso aqui.

A cega reconheceu a flor com o tato.

— Então voltaram — disse o padre.

— Há uma semana — disse Toto Visbal. — Aqui apareceu um, sem que ninguém soubesse quem o trouxe. O senhor sabe como é isso.

O pároco confirmou com a cabeça.

— Dizem que tudo continua como antes — prosseguiu Toto Visbal. — Mudou o governo, que prometeu paz e garantias, e a princípio todo mundo acreditou. Mas os funcionários continuam sendo os mesmos.

— É verdade — interveio a mãe de Mina. — Aqui estamos outra vez com o toque de recolher, e esses criminosos na rua.

— Mas há uma novidade — disse Toto Visbal. — Fala-se que agora se organizam guerrilhas contra o governo no interior do país.

— Tudo está escrito — disse a cega.

— É absurdo — disse o pároco, pensativo. — É preciso reconhecer que muita coisa mudou. Ou pelo menos — corrigiu-se — havia mudado até esta noite.

Horas depois, sob o calor do toldo, perguntou-se se na verdade o tempo havia passado nos dezenove anos em que se encontrava na paróquia. Ouviu, diante da sua própria casa, o barulho das botas e das armas que noutra época precederam as descargas da fuzilaria. Só que dessa vez as botas se distanciaram, voltaram a pisar forte uma hora mais tarde e voltaram a afastar-se, sem que se ouvissem os disparos. Pouco depois, atormentado pela fadiga da vigília, percebeu que há muito os galos já estavam cantando.

Mateo Asís tratou de calcular a hora pelo canto dos galos. Finalmente caiu na realidade.

— Que horas são?

Nora de Jacob estirou o braço na penumbra e segurou o relógio de números fosforescentes que estava na mesinha de cabeceira. A resposta que ainda não tinha dado despertou-o por completo.

— Quatro e meia — disse.

— Merda!

Mateo Asís saltou da cama. Mas a dor de cabeça e, logo depois, o sedimento mineral na boca obrigaram-no a moderar o impulso. Com os pés, procurou os sapatos na escuridão.

— Quase que o dia me surpreende — disse.

— Que bom — disse ela. Acendeu a lâmpada e reconheceu sua espinha dorsal, cheia de nós, e suas nádegas pálidas. — Seria bom, você teria de ficar fechado aqui até amanhã.

Estava completamente nua, apenas com o sexo coberto por uma ponta do lençol. Até a voz perdia com a luz acesa a sua tépida lubricidade.

Mateo Asís calçou os sapatos. Era alto e maciço. Nora de Jacob, que o recebia ocasionalmente há dois anos, experimentava uma espécie de frustração diante da fatalidade de manter em segredo um homem que lhe parecia feito para tudo aquilo que uma mulher podia desejar.

— Se você não se cuida, acaba engordando — disse.

— É a boa vida — replicou ele, procurando ocultar sua indisposição. E acrescentou, sorrindo: — Devo estar grávido.

— Tomara — disse ela. — Se os homens parissem, teriam mais consideração para com as mulheres.

Mateo Asís apanhou no chão o preservativo e depois as cuecas, foi ao banheiro e jogou o preservativo no vaso. Lavou-se, procurando não respirar fundo: qualquer odor, ao amanhecer, trazia o cheiro dela. Quando voltou ao quarto, encontrou-a sentada na cama.

— Um dia destes — disse Nora de Jacob — me cansarei de tanto esconderijo e contarei tudo a todo mundo.

Ele só a olhou quando estava completamente vestido. Ela teve consciência dos seus seios macilentos, e sem deixar de falar cobriu-se com o lençol até o pescoço.

— Não vejo a hora — prosseguiu — em que possamos os dois tomar café na cama e ficar aqui até a tarde. Sou capaz de eu mesma escrever um pasquim contra nós dois.

Ele riu abertamente.

— O velho Benjaminzinho morre — disse. — Como anda ele?

— Imagine só — disse ela —, esperando que Nestor Jacob morra.

Viu-o despedir-se da porta com um sinal da mão.

— Veja se aparece na noite de Natal — pediu.

Ele prometeu que viria. Atravessou o pátio na ponta dos pés e saiu para a rua pelo portão. O orvalho gelado lhe umedecia os pés. Um grito o deteve, ao chegar à praça.

— Alto!

Uma lanterna de pilhas acendeu-se diante dos seus olhos. Ele afastou o rosto.

— Ora porra — disse o alcaide, invisível por detrás da luz. — Vejam só quem encontramos. Está indo ou voltando?

Apagou a lanterna e Mateo Asís o viu, acompanhado por três soldados. Tinha o rosto lavado e portava uma metralhadora.

— Estou voltando.

O alcaide aproximou-se para ver no relógio, sob a luz do poste, as horas. Faltavam dez para as cinco. Com um sinal, ordenou aos soldados que pusessem fim ao toque de silêncio. Permaneceu calado até que o toque de clarim terminou, depois de ter deixado uma nota triste no amanhecer. Depois mandou os soldados embora e acompanhou Mateo Asís através da praça.

— Ai está — disse. — Acabou a porcaria dos pasquins.

Mais que satisfação, havia cansaço em sua voz.

— Prenderam o culpado?

— Ainda não — disse o alcaide. — Mas acabo de fazer a última ronda e posso assegurar que hoje, pela primeira vez, não apareceu colado um só papel.

Ao chegar ao portão da casa, Mateo Asís adiantou-se para amarrar os cachorros. As mulheres do serviço se agitavam na cozinha. Quando o alcaide entrou, foi recebido por um alvoroço de cachorros acorrentados que logo depois era substituído por passos e gemidos de animais pacíficos. A viúva Asís encontrou-os tomando café sentados no parapeito da cozinha. Já era dia.

— Homem madrugador — disse a viúva. — Bom esposo, mas mau marido.

Apesar do bom humor, seu rosto revelava a mortificação de uma intensa vigília. O alcaide respondeu ao cumprimento. Apanhou a metralhadora do chão e pôs no ombro.

— Tome o café que quiser, tenente — disse a viúva —, mas por favor não me traga armas aqui para casa.

— Pelo contrário — sorriu Mateo Asís. — A senhora devia pedi-las emprestadas para ir à missa. Não é verdade?

— Não preciso desses trastes para me defender — replicou a viúva. — A Divina Providência está do nosso lado. Os Asís — acrescentou, num tom sério —, já éramos gente de Deus antes que houvesse padres em muitas léguas em redor daqui.

O alcaide despediu-se.

— Preciso dormir — disse. — Isso não é uma vida de cristão.

Abriu passagem entre as galinhas, os patos e perus que começavam a invadir a casa. A viúva espantou os bichos. Mateo Asís foi ao quarto de dormir, lavou-se, trocou de roupa e saiu, novamente, para selar a mula. Seus irmãos já tinham ido embora ao amanhecer.

A viúva Asís ocupava-se das gaiolas quando seu filho apareceu no pátio.

— Lembre-se — lhe disse — que uma coisa é cuidar da própria pele e outra é saber guardar as distâncias.

— Ele só entrou para tomar uma xícara de café — disse Mateo Asís. — Viemos conversando, e nem percebemos quando chegamos aqui.

Estava no extremo do corredor, olhando para sua mãe, mas ela não voltara a falar. Parecia conversar com os passarinhos.

— Vou-lhe dizer pela última vez — respondeu. — Não me traga assassinos à minha casa.

Tendo terminado de limpar as gaiolas, ocupou-se diretamente do filho:

— E você onde estava?

Naquela manhã, o Juiz Arcadio acreditou ter descoberto sinais aziagos nos minúsculos episódios que se incorporaram à vida de todos os dias.

— Tenho dor de cabeça — disse, procurando explicar à mulher a incerteza que lhe ia no íntimo.

Era uma manhã de sol. O rio, pela primeira vez em várias semanas, havia perdido o seu aspecto ameaçador e seu cheiro de couro cru. O Juiz Arcadio foi à barbearia.

— A justiça — lhe disse o barbeiro — anda mancando, mas chega.

O chão havia sido lustrado com petróleo e os espelhos estavam cobertos de alvaiade. O barbeiro começou a poli-los com um trapo enquanto o Juiz Arcadio acomodava-se na cadeira.

— Não devia haver segunda-feira — disse o juiz.

O barbeiro havia começado a lhe cortar os cabelos.

— É culpa do domingo — disse. — Se não existisse domingo — acrescentou, com um ar alegre —, não existiriam as segundas-feiras.

O Juiz Arcadio fechou os olhos. Dessa vez, depois de dez horas de sono, de um turbulento ato de amor e de um banho prolongado, não poderia queixar-se do domingo. Mas era uma segunda-feira densa, opressiva. Quando o relógio da torre soou as doze e no lugar das badaladas ficou um ciciar de máquina de costura, vindo da casa contígua, outro sinal inquietou o Juiz Arcadio: o silêncio das ruas.

— Este é um povoado fantasma — disse.

— Foram os senhores que o fizeram assim — disse o barbeiro. — Antigamente, numa manhã de segunda-feira, eu costumava atender a pelo menos cinco clientes antes do meio-dia. Hoje, o primeiro que me aparece é o senhor.

O Juiz Arcadio abriu os olhos e por um momento contemplou o rio refletido no espelho.

— Nós — repetiu. E perguntou: — Quem somos nós?

— Os senhores — vacilou o barbeiro. — Antes dos senhores este era um povoado merda, como os demais, mas agora é o pior de todos.

— Se você me diz tais coisas — replicou o juiz — é porque sabe que eu nada tive a ver com elas. Você se atreveria — perguntou sem agressividade — a dizer o mesmo ao tenente?

O barbeiro admitiu que não.

— O senhor não sabe — disse — o que é levantar todas as manhãs com a segurança de que se vai morrer assassinado, e apesar disso passar dez anos sem morrer.

— Não sei — admitiu o juiz — nem quero saber.

— Pois faça todo o possível — disse o barbeiro — para nunca saber o que isso significa.

O juiz pendeu a cabeça. Depois de um longo silêncio, perguntou:

— Sabe de uma coisa, Guardiola? — Sem esperar pela resposta, continuou: — O alcaide está se afundando neste povoado. E cada dia se afunda mais, porque descobriu um prazer do qual ninguém, depois de prová-lo, pode escapar: pouco a pouco, sem fazer barulho, ele está ficando rico.

Como o barbeiro o escutasse em silêncio, concluiu:

— Aposto com você que não haverá mais nenhum morto por culpa dele.

— O senhor acredita?

— Aposto cem a um — insistiu o Juiz Arcadio. — Para ele, no momento, não existe negócio melhor do que a paz.

O barbeiro acabou de cortar-lhe o cabelo, puxou a cadeira para trás e mudou a toalha sem falar. Quando, por fim, o fez, havia uma certa perturbação em sua voz.

— É surpreendente que seja o senhor quem diga isso, e que o diga a mim.

O juiz encolheu os ombros.

— Não é a primeira vez que digo.

— O tenente é o seu melhor amigo — disse o barbeiro.

Havia baixado a voz, e era uma voz tensa e confidencial. Concentrado em seu trabalho, trazia no rosto a misteriosa expressão com que uma pessoa que não tem o hábito de escrever traça a sua assinatura.

— Diga-me uma coisa, Guardiola — perguntou o Juiz Arcadio com certa solenidade. — Que ideia faz você de mim?

O barbeiro começava a barbeá-lo. Pensou um momento antes de responder.

— Até agora — disse —, sempre pensei que o senhor é um homem que sabe que um dia irá embora, e quer ir-se.

— Pois continue pensando assim — sorriu o juiz.

Deixava-se barbear com a mesma sombria passividade como se deixaria degolar. Manteve os olhos fechados enquanto o barbeiro lhe alisava a barba com uma pedra de alúmen e lhe punha talco, que depois tirou com uma escova de fios muito finos. Ao puxar a toalha do pescoço, deslizou para o bolso da camisa do juiz uma folha de papel mimeografado.

— O senhor só se engana numa coisa, juiz — lhe disse. — Neste povoado e neste país, vão acontecer coisas.

O Juiz Arcadio certificou-se de que continuavam sozinhos na barbearia. O sol ardente, o cicio da máquina de costura no silêncio das nove e meia, a iniludível segunda-feira mostraram-no algo mais: parecia que estavam sozinhos em todo o povoado. Então tirou o papel do bolso e começou a ler.

O barbeiro lhe deu as costas para pôr ordem no toucador.

— "Dois anos de discursos" — citou de memória. — "E no entanto continua o mesmo estado de sítio, a mesma censura à imprensa, os mesmos funcionários."

Ao ver no espelho que o Juiz Arcadio havia terminado de ler, disse-lhe:

— Passe adiante.

O juiz voltou a guardar o papel no bolso.

— Você é valente — disse.

— Se alguma vez eu tivesse me enganado a respeito de uma pessoa — disse o barbeiro —, há anos que já teria morrido furado de balas. — E depois, num tom grave: — E lembre-se de uma coisa, juiz: eu nada sei a respeito desse papel...

Ao deixar a barbearia, o Juiz Arcadio sentia a boca seca. Pediu no salão de bilhar duas doses duplas, e depois de engoli-las, uma atrás da outra, viu que ainda lhe restava muito tempo. Quando na universidade, num Sábado de Aleluia, imaginou uma cura radical para o mal que o angustiava: entrou no mictório de um bar, inteiramente sóbrio, botou pólvora num cancro venéreo e lhe ateou fogo.

No quarto trago, Dom Roque moderou a dose:

— A continuar assim — sorriu —, o senhor acabará sendo levado pelos braços, como os toureiros.

Ele também sorriu com os lábios, porém seus olhos permaneceram apagados. Meia hora depois, foi ao mictório, urinou e, antes de sair, jogou o papel clandestino na latrina.

Quando voltou ao balcão, encontrou a garrafa junto ao copo, o nível do conteúdo assinalado com um traço a tinta:

— Tudo isto é para o senhor — lhe disse Dom Roque, abanando-se lentamente.

Estavam sós no salão. O Juiz Arcadio encheu meio copo e começou a beber sem pressa.

— Sabe de uma coisa? — perguntou. E como Dom Roque não deu sinal de haver compreendido, lhe disse:
— Vai haver encrenca.

Dom Sabas estava pesando na balança o seu parco almoço de passarinho quando lhe anunciaram uma nova visita do Sr. Carmichael.

— Diga que estou dormindo — cochichou no ouvido da mulher. E, efetivamente, dez minutos depois estava dormindo. Ao acordar, a atmosfera se fizera seca e a casa estava como que paralisada pelo calor. Já passava das doze.

— Com que você sonhou? — lhe perguntou a mulher.
— Não sonhei.

Havia esperado que o marido despertasse sem ser chamado. Um momento depois, ferveu a seringa hipodérmica e Dom Sabas aplicou em si mesmo uma injeção de insulina.

— Há quase três anos que você não sonha com coisa alguma — disse a mulher, num tardio desencanto.

— Diabo — exclamou ele. — Que é que você quer? Não se pode sonhar à força.

Anos atrás, no seu breve sonho do meio-dia, Dom Sabas havia sonhado com um carvalho que, em vez de flores, produzia navalhas de barbear. Sua mulher interpretou o sonho e ganhou uma fração da loteria.

— Se não é hoje, poderá ser amanhã — disse ela.

— Não foi hoje nem será amanhã — replicou impaciente Dom Sabas. — Não vou sonhar unicamente para lhe agradar.

Estendeu-se novamente na cama, enquanto sua esposa punha ordem no quarto. Toda classe de instrumentos, cortantes e perfurantes, havia sido retirada do quarto. Meia hora depois, Dom Sabas levantou-se aos poucos, procurando não se agitar, e começou a vestir-se.

— Mas, afinal — perguntou —, o que queria Carmichael?

— Disse que voltaria mais tarde.

Não tornaram a falar até que se sentaram à mesa. Dom Sabas bicava sua magra dieta de enfermo. Ela serviu-se de um almoço farto, aparentemente por demais abundante para o seu corpo frágil e sua expressão lânguida. Já havia pensado muito quando decidiu perguntar:

— Que é que Carmichael quer?

Dom Sabas nem sequer levantou a cabeça.

— Que poderia ser? Dinheiro.

— Eu já o imaginava — suspirou a mulher. E prosseguiu, num tom piedoso: — Pobre Carmichael: rios de dinheiro passando pelas suas mãos durante tantos anos, e ele ainda vivendo praticamente da caridade pública.

À medida que falava, perdia o entusiasmo pelo almoço.

— Empreste, Sabitas — suplicou. — Deus lhe pagará. — Cruzou os talheres sobre o prato e perguntou, intrigada: — De quanto é que ele precisa?

— Duzentos pesos — respondeu, imperturbável, Dom Sabas.

— Duzentos pesos!

— Pois é. Duzentos pesos. Imagine só.

Ao contrário do domingo, que era o seu dia mais ocupado, Dom Sabas tinha nas segundas-feiras uma tarde tranquila. Podia passar muitas horas no escritório, dormitando diante do ventilador, enquanto o gado crescia, engordava e se multiplicava nos seus pastos. Naquela tarde, no entanto, não teve um só instante de sossego.

— É o calor — disse a mulher.

Uma chispa de exasperação surgiu nas pupilas sem cor de Dom Sabas. No escritório estreito, com uma velha secretária de madeira, quatro poltronas de couro e selas jogadas nos cantos, as persianas haviam sido fechadas e, no interior, o ar era abafado e espesso.

— Pode ser — disse. — Nunca fez tanto calor em outubro.

— Quinze anos atrás, quando fez um calor assim, houve um tremor de terra — disse sua mulher. — Lembra-se?

— Não me lembro — disse Dom Sabas, distraído. — Você sabe que eu nunca me lembro de nada. Além disso — acrescentou, de mau humor —, esta tarde não estou disposto a falar de desgraças.

Fechando os olhos, os braços cruzados sobre o ventre, fingiu dormir.

— Se Carmichael voltar — murmurou —, diga que não estou.

Uma expressão de súplica estampou-se no rosto da mulher.

— Você é ruim.

Mas ele não voltou a falar. Ela deixou o escritório, sem fazer o menor ruído ao fechar a porta. Até o entardecer, depois de realmente ter dormido, Dom Sabas abriu os olhos e viu diante dele, como o prolongamento de um sonho, o alcaide sentado, à espera de que acordasse.

— Um homem como o senhor — sorriu o tenente — não deve dormir com a porta aberta.

Dom Sabas não fez um único gesto que revelasse o seu desconcerto.

— Para o senhor — disse —, as portas da minha casa estão sempre abertas.

Estirou o braço para fazer soar a campainha, mas o alcaide o impediu com um gesto.

— Não quer café? — perguntou Dom Sabas.

— Agora não — disse o alcaide, examinando a sala com um olhar triste. — Eu estava muito bem aqui, enquanto o senhor dormia. Era como se estivesse noutro povoado.

Dom Sabas esfregou os olhos com as costas dos dedos.

— Que horas são?

O alcaide consultou o relógio:

— Quase cinco — disse. — Depois, mudando de posição na poltrona, entrou no assunto que o trouxera. — Então, vamos conversar?

— Creio — disse Dom Sabas — que não posso fazer outra coisa.

— Nem valeria a pena — disse o alcaide. — No final das contas, não é um segredo para ninguém.

E com a mesma repousada fluidez, sem em nenhum instante forçar o gesto nem as palavras, acrescentou:

— Diga-me uma coisa, Dom Sabas: quantas reses da viúva Montiel o senhor fez ferrar com a sua marca desde que ela as ofereceu à venda?

Dom Sabas encolheu os ombros.

— Não tenho a menor ideia.

— O senhor não ignora — afirmou o alcaide — que isso tem um nome.

— Safadeza — falou com precisão Dom Sabas.

— Exatamente — confirmou o alcaide. — Digamos, por exemplo — prosseguiu, sem alterar a voz —, que o senhor lhe tirou duzentas reses em três dias.

— Oxalá — disse Dom Sabas.

— Duzentas, portanto — disse o alcaide. — O senhor sabe quais são as condições: cinquenta pesos de imposto municipal por cada rês.

— Quarenta.

— Cinquenta.

Dom Sabas fez uma pausa, resignado. Estava recostado contra o espaldar da cadeira de molas, fazendo girar no dedo o anel de pedra negra e polida, os olhos fixos num xadrez imaginário.

O alcaide o observava com uma atenção inteiramente desprovida de piedade.

— Dessa vez, no entanto, as coisas não ficam assim — prosseguiu. — A partir deste momento, em qualquer lugar que ele se encontre, todo o gado da herança de José Montiel está sob a proteção do município.

Depois de esperar inutilmente uma reação, explicou:

— Essa pobre mulher, como o senhor sabe, está completamente louca.

— E Carmichael?

— Há duas horas que Carmichael — disse o alcaide — está sob controle.

Dom Sabas olhou-o então com uma expressão que poderia igualmente ser de devoção ou de estupor. E, subitamente, deixou pender sobre a secretária o corpo fofo e volumoso, sacudido por incontrolável riso inferior.

— Que maravilha, tenente — disse. — Isso deve lhe parecer um sonho.

O Dr. Giraldo teve ao entardecer a certeza de que voltava ao passado. As amendoeiras da praça estavam novamente cobertas de pó. Um novo inverno passava, mas sua pegada silenciosa deixava uma marca profunda na lembrança. Padre Ángel voltava do seu passeio vespertino quando encontrou o médico procurando meter a chave na fechadura do consultório.

— Já vê, doutor — sorriu —, que até para abrir uma porta se necessita da ajuda de Deus.

— Ou de uma lanterna — sorriu por sua vez o médico.

Fez girar a chave na fechadura e olhou para o padre, denso e de uma cor malva, no crepúsculo.

— Espere um momento, padre — disse. — Creio que seu fígado não anda bem.

Segurou-o pelo braço.

— O senhor acha?

O médico acendeu a luz da salinha e examinou com uma atenção mais humana que profissional o semblante do pároco. Depois, abriu a porta gradeada e acendeu a luz do consultório.

— Não seria nada demais se o senhor dedicasse ao corpo pelo menos cinco minutos do seu dia, padre. Vamos ver como está sua pressão arterial.

Padre Ángel tinha pressa. Mas diante da insistência do médico, seguiu-o até o interior do consultório, e desnudou o braço.

— No meu tempo — disse —, não havia dessas coisas.

O Dr. Giraldo colocou uma cadeira defronte dele e lhe aplicou o aparelho.

— Seu tempo é este, padre — sorriu. — Não queira tirar o corpo fora.

Enquanto o médico estudava o mostrador, o pároco examinou a sala com a curiosidade boba que costumam despertar as salas de espera. Pregados nas paredes, viam-se um diploma já velho, a litografia colorida de uma menina e o quadro do médico disputando com a morte uma mulher nua. No fundo, detrás do leito de ferro pintado de branco, havia um armário com frascos rotulados. Perto da janela, um outro armário com instrumentos e mais dois abarrotados de livros. O único odor ativo era o do álcool.

O rosto do Dr. Giraldo nada revelou quando acabou de tomar a pressão.

— Está faltando um santo nesta sala — murmurou Padre Ángel.

O médico olhou para as paredes.

— Não apenas aqui. Também no povoado. — Guardou seus aparelhos num estojo de couro que fechou com uma pressão enérgica, e disse: — Saiba de uma coisa, padre: sua circulação está muito boa.

— Eu já adivinhava — disse o pároco. E acrescentou: — Nunca me senti tão bem no mês de outubro.

Lentamente, começou a desenrolar a manga. Com a batina de bainhas cerzidas, os sapatos furados e as ásperas mãos cujas unhas pareciam de chifre chamuscado, naquele instante prevalecia nele a sua condição essencial: era um homem extremamente pobre.

— No entanto — replicou o médico —, estou preocupado com o senhor: tem de reconhecer que o regime de vida que está levando não é o mais adequado para um outubro como este.

— Nosso Senhor é exigente — disse o padre.

O médico deu-lhe as costas para olhar pela janela o rio escuro.

— Pergunto-me até que ponto — disse. — Não parece coisa de Deus isso de esforçar-se durante tantos anos por fechar dentro de uma couraça o instinto da gente, tendo plena consciência de que por debaixo tudo continua o mesmo.

E depois de uma longa pausa, perguntou:

— O senhor não tem tido nos últimos dias a impressão de que o seu implacável trabalho começa a desmoronar-se?

— Todas as noites, ao longo da minha vida, sempre tive essa impressão — disse Padre Ángel. — Por isso sei que devo começar no dia seguinte com mais fervor e determinação.

Havia-se levantado.

— Já devem ser seis horas — disse, fazendo menção de abandonar o consultório. Sem deixar a janela, o médico falou:

— Padre: uma noite dessas ponha a mão no coração e se pergunte se o senhor na verdade não está fazendo senão botar uns esparadrapos na moral.

Padre Ángel não pôde dissimular um terrível sufocamento interior.

— Na hora da sua morte — disse —, o senhor saberá quanto pesam estas palavras, doutor.

Deu boa-noite e, ao sair, fechou suavemente a porta.

Não pôde concentrar-se na oração. Quando fechavam a igreja, Mina aproximou-se para dizer-lhe que nos últimos dois dias apenas um rato havia caído na armadilha. Ele tinha a impressão de que na ausência de Trinidad os ratos haviam proliferado de tal maneira que já ameaçavam os alicerces da igreja. E no entanto Mina havia montado as ratoeiras, envenenado o queijo, perseguido o rastro da cria e tapado com asfalto os novos ninhos que ele mesmo ajudava a descobrir.

— Ponha um pouco de fé em seu trabalho — lhe tinha dito — e os ratos virão às ratoeiras como cordeiros.

Deu muitas voltas na cama antes de dormir. Na vigília, teve plena consciência do obscuro sentimento de derrota que o médico havia inculcado em seu coração. Essa inquietação e logo o tropel dos ratos na igreja, tudo conspirou para que uma força cega o arrastasse à turbulência da sua lembrança mais temida: recém-chegado ao povoado, haviam-no despertado à meia-noite para que prestasse os últimos auxílios a Nora de Jacob. Ouvira uma confissão dramática, dita de um modo sereno, desinibido e detalhado, numa alcova preparada para receber a morte: apenas um crucifixo sobre a cabeceira da cama e muitas cadeiras vazias encostadas às paredes. A moribunda lhe havia revelado que seu marido, Nestor Jacob, não era o pai da menina que acabava de nascer. Padre Ángel havia condicionado a absolvição à exigência de que ela fosse repetida, bem como o ato final de contrição, em presença do esposo.

Obedecendo às ordens rítmicas do empresário, os grupos desenterraram as estacas e o imenso toldo do circo esvaziou-se numa solene catástrofe, com um gemido lamuriento, como o do vento entre as árvores. Ao amanhecer já estava dobrado, e as mulheres e as crianças comiam sobre os baús, enquanto os homens embarcavam as feras. Quando as lanchas apitaram pela primeira vez, os buracos no terreno vazio eram o único indício de que um animal pré-histórico havia passado pelo povoado.

O alcaide não havia dormido. Depois de observar do balcão o embarque do circo, misturou-se ao bulício do porto, ainda envergando o uniforme de campanha, os olhos irritados pela falta de sono e o rosto endurecido pela barba de dois dias. O empresário descobriu-o do convés da lancha.

— Minhas saudações, tenente — lhe gritou. — Aí lhe deixo seu reino.

Estava embutido em um macacão largo e puído que imprimia à sua cara rotunda um ar sacerdotal.

Trazia o chicote numa das mãos.

O alcaide aproximou-se da margem.

— Sinto muito, general — gritou por sua vez, num tom bem-humorado, os braços abertos. — Espero que tenha a honestidade de dizer por onde andam os verdadeiros motivos por que vai embora.

Voltou-se para a multidão e explicou, em voz alta:

— Suspendi-lhe a licença porque ele se negou a dar um espetáculo grátis para as crianças.

O último apito das lanchas e, em seguida, o barulho dos motores afogaram a resposta do empresário. A água exalou um bafo de lama revolvida. O empresário aguardou que as lanchas dessem a volta no meio do rio. Então, apoiou-se na grade do convés e, fazendo com as mãos um alto-falante, gritou com toda a força dos seus pulmões:

— Adeus, policial filho da puta.

O alcaide não se alterou. Esperou, com as mãos no bolso, até que se esvaneceu o barulho dos motores. Depois abriu passagem através da multidão, sorridente, e entrou no armazém do sírio Moisés.

Eram quase oito horas. O sírio começava a guardar a mercadoria exposta na porta.

— Então você também vai-se embora — disse-lhe o alcaide.

— Por pouco tempo — disse o sírio, olhando o céu. — Vai chover.

— Às quartas-feiras não chove — afirmou o alcaide.

Ficou um momento com os cotovelos apoiados no balcão, observando as grossas nuvens que flutuavam sobre o porto, até que o sírio acabou de guardar as mercadorias e pediu à mulher que lhes trouxesse café.

— A continuar assim — suspirou, como se falasse consigo mesmo —, vamos acabar pedindo gente emprestada aos outros povoados.

O alcaide bebia o café em goles espaçados. Mais três outras famílias já haviam abandonado o povoado. Com elas, segundo as contas do sírio Moisés, já eram cinco as que haviam ido embora no curso de uma semana.

— Voltarão mais cedo ou mais tarde — disse o alcaide. Perscrutou os enigmáticos desenhos deixados pelo café no fundo da xícara, e comentou, com um ar ausente: — Aonde quer que vão jamais poderão esquecer que deixaram o umbigo enterrado aqui.

Apesar dos seus prognósticos, teve que esperar no armazém que passasse o aguaceiro que por alguns minutos mergulhou o povoado num dilúvio. Depois foi para o quartel e lá encontrou o Sr. Carmichael, ainda sentado no banquinho no centro do pátio, ensopado pelo aguaceiro.

Não se preocupou com ele. Depois de receber a parte do soldado de guarda, mandou abrir a cela onde Pepe Amador parecia dormir profundamente estirado no chão de ladrilhos. Fê-lo voltar-se com o pé e por um instante observou, com uma secreta comiseração, o rosto desfigurado pelos golpes.

— Desde quando não come? — perguntou.

— Desde a noite de anteontem.

Ordenou que o erguessem. Agarrando-o pelas axilas, três soldados arrastaram o corpo pela cela e o sentaram no estrado de concreto incrustado na parede a um metro e meio de altura. No lugar onde estivera o corpo, havia ficado uma sombra úmida.

Enquanto os soldados o mantinham sentado, outro lhe erguia a cabeça, segurando-o pelos cabelos. Poder-se-ia pensar que estava morto, a não ser pela respiração irregular e a expressão de extremo esgotamento que se notava em seus lábios.

Ao ser largado pelos soldados. Pepe Amador abriu os olhos e se agarrou, às tontas, às bordas do cimento. Depois desabou no estrado, com um gemido rouco.

O alcaide deixou a cela e ordenou que lhe dessem de comer e que o deixassem dormir por alguns instantes.

— Depois — disse — continuem trabalhando, até que ele cuspa tudo o que sabe. Não acredito que possa resistir muito tempo.

Do balcão, viu outra vez o Sr. Carmichael no pátio, o rosto entre as mãos, encolhido no banquinho.

— Rovira — chamou. — Vá à casa de Carmichael e diga à sua mulher que lhe mande roupa. Depois — acrescentou num tom peremptório — traga-o até aqui.

Começava a dormir debruçado na secretária, quando bateram na porta. Era o Sr. Carmichael, vestido de branco e completamente enxuto, com exceção dos sapatos, que estavam inchados como os de um afogado. Antes de ocupar-se dele, o alcaide ordenou ao soldado que voltasse para ir buscar um par de sapatos.

O Sr. Carmichael levantou um braço para o soldado.

— Deixe-me assim mesmo — disse. E depois, dirigindo-se ao alcaide com um olhar de severa dignidade, explicou: — São os únicos que tenho.

O alcaide mandou que se sentasse. Vinte e quatro horas antes o Sr. Carmichael havia sido conduzido à sala blindada e submetido a um intenso interrogatório a respeito dos bens deixados por José Montiel. Fizera uma detalhada exposição de tudo. No final, quando o alcaide revelou o propósito de comprar a herança pelo preço que seria estipulado pelos peritos do município, o Sr. Carmichael respondeu que de maneira alguma permitiria isso antes que a questão da herança tivesse sido liquidada.

Naquela tarde, depois de dois dias de fome e de intempérie, sua resposta ainda era a mesma, seca e inflexível.

— Você é uma mula, Carmichael — lhe disse o alcaide. — Se esperar até que esteja liquidada a sucessão, esse bandido de Dom Sabas acabará remarcando com seu ferro todo o gado de Montiel.

O Senhor Carmichael encolheu os ombros.

— Está bem — disse o alcaide depois de uma longa pausa. — Todo mundo já sabe que você é um homem honrado. Mas lembre-se de uma coisa: cinco anos atrás, Dom Sabas entregou a José Montiel a lista completa das pessoas que estavam em contato com as guerrilhas, e por isso foi o único chefe da oposição que pôde continuar no povoado.

— Outro também ficou — disse o Sr. Carmichael, com uma ponta de sarcasmo. — O dentista.

O alcaide não levou em conta a interrupção, como se não a tivesse ouvido.

— Então você acredita que um tal homem, capaz de vender por nada a sua própria gente, merece que você fique sentado vinte e quatro horas debaixo do sol e do sereno?

O Sr. Carmichael baixou a cabeça e pôs-se a olhar as unhas. O alcaide sentou-se na secretária.

— Além do mais — disse finalmente, num tom brando —, pense em seus filhos.

O Sr. Carmichael ignorava que sua mulher e os dois filhos menores haviam visitado o alcaide, na noite anterior, e que estes lhes prometera que antes de vinte e quatro horas ele estaria em liberdade.

— Não se preocupe — disse o Sr. Carmichael. — Eles sabem como se defender.

Só levantou a cabeça quando viu o alcaide passear de um extremo a outro da sala. Então, suspirou e disse:

— Mas lhe resta outro recurso, tenente.

Antes de continuar, olhou-o com uma terna mansidão:

— Dê-me um tiro.

Não teve nenhuma resposta. Um momento depois, o alcaide dormia profundamente em seu quarto e o Sr. Carmichael havia voltado ao seu banquinho.

Apenas a duas quadras do quartel, o secretário do juizado mostrava-se feliz. Havia passado a manhã cochilando no fundo da repartição e, sem que pudesse evitá-lo, vira os esplêndidos seios de Rebeca de Asís. Foi como um relâmpago ao meio-dia: a porta do banheiro abrira-se subitamente, e a fascinante mulher, sem mais nada no corpo a não ser uma toalha enrolada na cabeça, deu um grito abafado e correu para fechar a janela.

Durante meia hora, o secretário continuou suportando na penumbra do escritório a amargura daquela alucinação. Às doze, pôs o cadeado na porta e foi dar algo de comer a sua lembrança.

Ao passar em frente ao telégrafo, o administrador dos correios lhe fez um sinal.

— Vamos ter padre novo — lhe disse. — A viúva Asís escreveu uma carta ao bispo.

O secretário rechaçou-o:

— A melhor virtude de um homem — disse — é saber guardar um segredo.

Encontrou-se na esquina com o Sr. Benjamín, que vacilava antes de pular os charcos em frente à sua loja.

— Se o senhor soubesse, Sr. Benjamín — iniciou o secretário.

— O que foi? — perguntou o Sr. Benjamín.

— Nada — disse o secretário. — Levarei este segredo comigo para a tumba.

O Sr. Benjamín encolheu os ombros. Viu o secretário saltar as poças com uma agilidade tão juvenil que também ele lançou-se à aventura.

Na sua ausência, alguém havia deixado na loja uma marmita, pratos, talheres e um guardanapo dobrado. O Sr. Benjamín estendeu a toalha sobre a mesa e pôs as coisas em ordem, para almoçar. Fê-lo com extremo esmero. Primeiro, tomou a sopa, amarela, onde flutuavam grandes círculos de gordura e um osso descarnado. Noutro prato, comeu arroz branco, carne guisada e um pedaço de aipim frito. Começava o calor, mas o Sr. Benjamín não lhe prestava atenção. Quando acabou de almoçar, e tendo empilhado os pratos e arrumado novamente a marmita, bebeu um copo de água. Dispunha-se a armar a rede quando percebeu que alguém entrava na loja.

Uma voz sonolenta perguntou:

— O Sr. Benjamín está?

Esticou a cabeça e viu uma mulher vestida de negro, com os cabelos cobertos por uma toalha e a pele cor de cinza. Era a mãe de Pepe Amador.

— Não estou — disse o Sr. Benjamín.

— Mas é o senhor — disse a mulher.

— Eu sei — disse ele —, porém é como se não estivesse, porque sei por que está me procurando.

A mulher vacilou diante da pequena porta da loja, enquanto o Sr. Benjamín acabava de armar a rede. A cada esforço, escapava dos seus pulmões um tênue suspiro.

— Não fique aí — disse o Sr. Benjamín com dureza. — Vá embora ou entre.

A mulher ocupou a cadeira em frente à mesa e começou a soluçar em silêncio.

— Perdoe-me — disse ele. — Mas você percebe que me compromete ficando aí, à vista de todo mundo.

A mãe de Pepe Amador descobriu a cabeça e enxugou os olhos com a toalha. Por simples hábito, o Sr. Benjamín provou as cordas quando acabou de armar a rede. Depois voltou-se para a mulher.

— De maneira — disse — que você quer que eu escreva um requerimento.

A mulher confirmou com a cabeça.

— Pois é — prosseguiu o Sr. Benjamín. — Você continua acreditando em requerimentos. Nestes tempos — explicou, baixando a voz —, não se faz justiça com papéis, mas com tiros.

— Todo mundo diz a mesma coisa — replicou ela —, mas o fato é que sou a única que tenho um filho na cadeia.

Enquanto falava, desfez os nós do lenço que até então trazia fechado na mão, e tirou várias cédulas suadas: oito pesos. Ofereceu-as ao Sr. Benjamín.

— É tudo o que tenho — disse.

O Sr. Benjamín olhou o dinheiro. Levantou os ombros, apanhou as cédulas e as colocou sobre a mesa.

— Sei que é inútil — disse. — Mas vou fazê-lo só para provar a Deus que sou um homem teimoso.

A mulher agradeceu em silêncio e voltou a soluçar.

— De todos os modos — aconselhou o Sr. Benjamín —, faça o possível para que o alcaide lhe deixe ver o rapaz, e convença seu filho de que deve dizer tudo o que sabe. Fora disso, é como jogar o requerimento aos porcos.

Ela limpou o nariz com a toalha, cobriu novamente a cabeça e saiu da loja sem se voltar.

O Sr. Benjamín fez a sesta até às quatro. Quando foi para o pátio lavar-se, o tempo estava firme e o ar cheio de formigas voadoras. Depois de trocar de roupa e de pentear os poucos fios de cabelo que lhe restavam, dirigiu-se para o telégrafo para comprar uma folha de papel selado.

Voltava à loja para escrever o requerimento, quando percebeu que estava acontecendo alguma coisa no povoado. Ouviu gritos distantes. Perguntou o que era a um grupo de rapazes que passou correndo junto dele, e eles lhe responderam sem parar. Então, voltou ao telégrafo e devolveu a folha de papel selado.

— Já não preciso mais dela — disse. — Acabam de matar Pepe Amador.

Ainda meio adormecido, levando o cinturão numa mão e com a outra abotoando o dólmã, o alcaide desceu aos pulos a escada do quarto de dormir. O revérbero do sol lhe confundiu a noção do tempo. Antes de saber o que se passava, compreendeu que devia dirigir-se ao quartel.

À sua passagem, as janelas se fechavam. Uma mulher aproximava-se, correndo com os braços abertos, pelo meio da rua, em sentido contrário. Havia tanajuras no ar limpo. Ainda sem saber o que acontecia, o alcaide sacou do revólver e começou a correr.

Um grupo de mulheres tentava forçar a porta do quartel. Vários homens as enfrentavam, procurando impedi-las. O alcaide separou-os à força de golpes, ficou de costas contra a parede, e apontou o revólver para todos.

— O primeiro que der um passo, eu queimo.

Um soldado que estivera reforçando a porta por dentro, abriu-a, com uma metralhadora engatilhada, e começou a apitar. Outros dois soldados apareceram no balcão e fizeram vários disparos para o ar. O grupo dispersou-se, correndo para o fim da rua. Nesse momento, uivando como um cachorro, a mulher apareceu na esquina. O alcaide reconheceu a mãe de Pepe Amador. Deu um pulo para dentro do quartel e ordenou da escada ao soldado:

— Encarregue-se dessa mulher.

Reinava um silêncio total no interior. Na realidade, o alcaide só soube o que havia acontecido quando empurrou os soldados que obstruíam a entrada da cela, e viu Pepe Amador. Estirado no solo, encolhido sobre si mesmo, tinha as mãos entre as coxas. Estava pálido, mas não havia vestígios de sangue.

Depois de verificar que o cadáver não apresentava nenhum ferimento, o alcaide estendeu o corpo de costas contra o chão, meteu para dentro das calças as fraldas da camisa e lhe abotoou a braguilha. Por último, prendeu o cinturão.

Quando levantou-se, havia recuperado o aprumo, mas a expressão com que enfrentou os soldados revelara um princípio de cansaço.

— Quem foi?

— Todos — disse o gigante ruivo. — Ele queria fugir.

O alcaide olhou-o pensativo e por alguns segundos parecia não ter mais nada o que dizer.

— Essa história não engana ninguém — disse. Avançou na direção do gigante ruivo, com a mão estendida. — Entregue-me o revólver.

O soldado tirou o cinturão e entregou-o. Tendo mudado por projéteis novos as duas cápsulas deflagradas, o alcaide guardou-as no bolso e entregou o revólver a outro policial. O gigante ruivo, que visto de perto parecia iluminado por uma aura de puerilidade, deixou-se conduzir à cela vizinha. Ali, despiu-se por completo e deu a farda ao alcaide. Tudo foi feito sem pressa, sabendo cada qual a ação que lhe correspondia, como numa cerimônia. Finalmente, o próprio alcaide fechou a cela do morto e foi até o balcão do pátio. O Sr. Carmichael continuava sentado no seu banquinho.

Conduzido à sala do alcaide, não atendeu a ordem para que se sentasse. Ficou de pé diante da secretária, novamente com a roupa encharcada, e apenas moveu a cabeça quando o alcaide lhe perguntou se percebera o que se havia passado.

— Pois bem — disse o alcaide. — Ainda não tive tempo de pensar no que vou fazer, e nem sequer se vou fazer alguma coisa. Mas qualquer coisa que faça — acrescentou —, lembre-se disto: queira ou não, você está metido no jogo.

O Sr. Carmichael continuou absorto diante da secretária, a roupa colada ao corpo e a pele já um pouco intumescida, como se ainda não tivesse vindo à tona na sua terceira noite de afogado. O alcaide esperou inutilmente um sinal de vida.

— Então, Carmichael, caia na realidade: agora somos sócios.

Disse-o de maneira grave e até um pouco dramática. Mas o cérebro do Sr. Carmichael não parecia ter registrado coisa alguma. Continuou imóvel diante da secretária, inchado e triste, mesmo depois que fecharam a porta blindada.

Diante do quartel, dois soldados seguraram pelos punhos a mãe de Pepe Amador. Os três pareciam descansar, após um grande esforço. A mulher respirava num ritmo cadenciado e seus olhos estavam enxutos. Mas quando o alcaide apareceu na porta, lançou um uivo rouco e sacudiu-se com tal violência que um dos soldados teve que soltá-la e o outro imobilizá-la no chão com uma chave de braço.

O alcaide não a olhou. Fazendo-se acompanhar por outro soldado, enfrentou o grupo que na esquina apreciava a luta. Não se dirigiu a ninguém em particular.

— Vocês — disse —, se querem evitar algo pior, recomendo que levem esta mulher para casa.

Sempre acompanhado pelo subalterno, abriu passagem entre o grupo e chegou à sede do juizado. Não encontrou ninguém. Então foi à casa do Juiz Arcadio, e, empurrando a porta sem bater, gritou:

— Juiz.

A mulher do Juiz Arcadio, perturbada pelo humor denso da gravidez, respondeu na penumbra.

— Foi embora.

O alcaide não se moveu do umbral.

— Para onde?

— Para onde poderia ir? — disse a mulher. — Para a puta que o pariu.

O alcaide fez um sinal ao soldado para que entrasse na casa. Passaram pela mulher, sem a olhar. Depois de revolver o quarto de dormir e verificar que não havia coisas de homem em qualquer lugar, voltaram à sala.

— Quando ele foi embora? — perguntou o alcaide.

— Duas noites atrás — disse a mulher.

O alcaide precisou de uma longa pausa para pensar.

— Filho da puta — gritou. — Poderá esconder-se cinquenta metros debaixo do chão; poderá voltar para a barriga da puta da mãe que de lá o tiramos vivo ou morto. O governo tem o braço comprido.

A mulher suspirou.

— Deus o ouça, tenente.

Começava a escurecer, mas ainda havia nas esquinas do quartel grupos mantidos a distância pelos soldados, enquanto a mãe de Pepe Amador fora levada para casa. O povoado parecia tranquilo.

O alcaide dirigiu-se diretamente à cela do morto. Mandou buscar uma lona e, ajudado pelo soldado, colocou no cadáver o gorro e os óculos e enrolou o morto na lona. Depois, procurou em lugares diferentes do quartel pedaços de barbante e arame, e amarrou o cadáver em espiral, do pescoço aos tornozelos. Quando terminou, estava suando, mas mostrava uma expressão tranquila. Era como se fisicamente tivesse tirado de cima de si o peso do cadáver. Só então acendeu a luz da cela.

— Vá buscar a pá, a picareta e uma lâmpada — ordenou ao soldado. — Depois chame Gonzalez, vão para os fundos do pátio, e cavem um buraco bem fundo na parte que estiver menos úmida. — Disse isso como se fosse concebendo cada palavra à medida que falava.

— E lembrem-se de uma coisa para toda a vida — concluiu. — Este rapaz não morreu.

Duas horas mais tarde ainda não haviam terminado de cavar a sepultura. Do balcão, o alcaide percebeu que não havia ninguém na rua, salvo um dos seus subalternos, que montava guarda de esquina a esquina. Acendeu a luz da sacada e foi repousar no canto mais escuro da sala, ouvindo apenas os gritos espaçados de um nambu distante.

A voz de Padre Ángel tirou-o de sua meditação. Ouviu-o primeiro dirigindo-se ao soldado de guarda, logo depois a alguém que o acompanhava, cuja voz não custou a reconhecer. Continuou inclinado na espreguiçadeira, até ouvir novamente as vozes, já dentro do quartel, e os primeiros passos na escada. Então estendeu o braço esquerdo, na escuridão, e agarrou a carabina.

Ao vê-lo surgir no topo da escada, Padre Ángel deteve-se. Dois degraus mais abaixo estava o Dr. Giraldo, com um avental branco e curto e uma valise na mão. Mostrou seus dentes afiados.

— Estou decepcionado, tenente — disse de bom humor. — Passei toda a tarde à espera de que me chamasse para fazer a autópsia.

Padre Ángel fixou nele seus olhos transparentes e mansos, e depois voltou-se para o alcaide. O alcaide também sorriu.

— Não há autópsia — disse — pelo simples fato de que não há morto.

— Queremos, então, ver Pepe Amador — disse o pároco.

Mantendo a carabina com o cano abaixado, o alcaide continuou dirigindo-se ao médico.

— Eu também queria — disse — Mas nada posso fazer. — E deixou de sorrir quando disse: — Fugiu.

Padre Ángel subiu mais um degrau. O alcaide lhe apontou a carabina.

— Quieto, padre — advertiu.

Por sua vez, o doutor subiu também mais um degrau.

— Escute uma coisa, tenente — disse, ainda sorrindo. — Neste povoado não se podem guardar segredos. Desde as quatro da tarde que todo mundo já sabe que fizeram com o rapaz o que Dom Sabas costumava fazer com os burros que vendia.

— Fugiu — repetiu o alcaide.

Vigiando o médico, teve apenas tempo de pôr-se em guarda quando Padre Ángel subiu dois degraus de uma só vez, os braços levantados.

O alcaide engatilhou a arma com um golpe seco da mão e ficou postado com as pernas abertas.

— Alto — gritou.

O médico agarrou o pároco pela batina. Padre Ángel começou a tossir.

— Falemos claro, tenente — disse o médico. Sua voz mostrou-se dura pela primeira vez em muito tempo. — É preciso fazer essa autópsia. É a oportunidade para se esclarecer o caso das síncopes que costumam matar os presos deste cárcere.

— Doutor — disse o alcaide —, se o senhor se mover de onde está, eu atiro. — Apenas desviou o olhar para o padre. — Isso serve também para o senhor, padre.

Os três permaneceram imóveis.

— Além disso — prosseguiu o alcaide dirigindo-se ao sacerdote —, o senhor deve estar agradecido, padre. Pepe é quem colava os pasquins.

— Pelo amor de Deus — começou Padre Ángel.

A tosse convulsa impediu-o de continuar. O alcaide esperou que a crise passasse.

— Agora escutem — disse, então. — Vou começar a contar. Quando disser "três", começo a disparar de olhos fechados contra essa porta. Saibam agora e para sempre — advertiu explicitamente o médico. — Acabaram-se as brincadeiras. Estamos em guerra, doutor.

O médico arrastou Padre Ángel pela manga. Começou a descer sem dar as costas para o alcaide e depois começou a rir abertamente.

— Assim é que eu gosto, general. Agora sim, começamos a nos entender.

— Um — contou o alcaide.

Não ouviram o número seguinte. Quando se separaram na esquina do quartel, Padre Ángel estava aniquilado, e teve que esconder o rosto, pois tinha os olhos úmidos. Dr. Giraldo lhe deu uma palmadinha no ombro, sem deixar de sorrir:

— Não se espante, padre — lhe disse. — Tudo isso é a vida.

Ao dobrar a esquina de sua casa, olhou para o relógio com a ajuda da luz do poste: quinze para as oito.

Padre Ángel não conseguiu comer. Depois que soou o toque de silêncio, sentou-se para escrever uma carta, e ficou inclinado sobre a secretária até que passou da meia-noite, enquanto a chuva miúda ia apagando o mundo em seu redor. Escreveu de um modo implacável, desenhando as letras com uma maneira um tanto preciosa, e o fazia com tanta paixão que só molhava a pena depois de haver traçado duas ou três palavras invisíveis, riscando o papel com a pena seca.

No dia seguinte, depois da missa, pôs a carta no correio, embora sabendo que ela só seria expedida na sexta-feira. Durante a manhã, o ar manteve-se úmido e nublado, mas ao meio-dia tornara-se diáfano. Um passarinho extraviado surgiu no pátio e ficou uma meia hora dando pequenos saltos de inválido por entre os nardos. Entoou uma nota progressiva, subindo cada oitava, até que seu canto se fez tão agudo que seria impossível imitá-lo.

Durante o passeio vespertino, Padre Ángel teve a certeza de que uma fragrância outonal o havia perseguido toda a tarde. Na casa de Trinidad, enquanto mantinha com a convalescente uma conversa triste a respeito das doenças de outubro, pareceu-lhe identificar um cheiro que certa noite Rebeca de Asís exalou em sua sala.

De volta, visitou a família do Sr. Carmichael. A esposa e a filha mostravam-se desconsoladas, e sempre que mencionavam o preso emitiam uma nota falsa. As crianças porém estavam felizes, livres da severidade do pai, e entretinham-se em dar de beber água ao casal de coelhos que lhes havia mandado a viúva Montiel. De repente, Padre Ángel interrompeu a conversa e, traçando com a mão um sinal no ar, disse:

— Já sei: é acônito.

Mas não era acônito.

Ninguém falava mais dos pasquins. No fragor dos últimos acontecimentos, eles já eram apenas uma pitoresca anedota do passado. Padre Ángel comprovou isso durante o passeio vespertino, e depois da oração, conversando na sala com um grupo de damas católicas.

Ao ficar só, sentiu fome. Preparou talhadas fritas de banana verde, café com leite e serviu-se também de um pedaço de queijo. A satisfação do estômago fê-lo esquecer o cheiro. Enquanto se despia para deitar-se e depois já sob o lençol caçando mosquitos que haviam sobrevivido ao inseticida, arrotou várias vezes. Tinha acidez, mas seu espírito estava em paz.

Dormiu como um santo. Escutou, no silêncio, os sussurros, as tentativas preliminares das cordas temperadas pelo gelo da madrugada e, por último, uma canção de outro tempo. Às dez para as cinco deu-se conta de que estava vivo. Levantou-se num esforço solene, esfregando as pálpebras com os dedos, e pensou: "Sexta-feira, 21 de outubro." Depois lembrou, em voz alta: "Santo Hilário."

Vestiu-se sem tomar banho e sem rezar. Depois de corrigir a longa fileira de botões da sotaina, calçou as velhas botinas de uso diário, cujas solas começavam a desfazer-se. Ao abrir a porta que dava para os nardos, lembrou-se dos versos de uma canção.

"Ficarei em teu sonho até a morte"— suspirou.

Mina empurrou a porta da igreja no instante em que ele dava o primeiro toque para a missa. Dirigiu-se ao batistério e encontrou o queijo intacto e as ratoeiras armadas. Padre Ángel abriu a porta que dava para a praça.

— Má sorte — disse Mina, sacudindo a caixa de papelão vazia. — Hoje não caiu nenhum.

Mas Padre Ángel não lhe prestou atenção. Despontava um dia brilhante, com uma atmosfera rarefeita, a anunciar que também este ano, apesar de tudo, dezembro seria pontual. Nunca lhe pareceu mais definido o silêncio de Pastor.

— Essa noite houve serenata — disse.

— De chumbo — confirmou Mina. — Ouviram-se disparos até há bem pouco.

O padre a olhou pela primeira vez. Também ela, extremamente pálida como a avó cega, usava a faixa azul de uma congregação laica. Mas, ao contrário de Trinidad, que tinha um humor masculino, nela começava a amadurecer uma mulher.

— Onde?

— Por todos os lados — disse Mina. — Parece que ficaram todos malucos, à procura de jornais clandestinos. Dizem que levantaram o assoalho da barbearia, por acaso, e encontraram armas. A prisão está cheia, mas dizem também que os homens estão fugindo para as montanhas, para juntar-se aos guerrilheiros.

Padre Ángel suspirou.

— Não percebi nada — disse.

Caminhou até o fundo da igreja. Ela seguiu-o em silêncio até o altar-mor.

— E isso ainda não é nada — disse Mina. — Esta noite, apesar do toque de recolher e apesar do tiroteio...

Padre Ángel deteve-se. Voltou para ela seus olhos mansos, de um azul inocente. Mina também parou, com a caixa vazia debaixo do braço, e começou a sorrir nervosamente antes de terminar a frase.

Este livro foi composto na tipografia
Minion Pro, em corpo 12/16, e impresso em
papel off-white no Sistema Digital Instant Duplex
da Divisão Gráfica da Distribuidora Record.